Martin Krist, geboren 1971, lebt in Berlin. Er arbeitete viele Jahre als leitender Redakteur bei verschiedenen Zeitschriften. Seit 1997 ist er als Schriftsteller tätig. Nach mehr als 30 Sachbüchern, darunter Biografien über die Hamburger Kiez-Ikone Tattoo-Theo, die Punk-Diva Nina Hagen, den Rap-Rüpel Sido, die Grunge-Ikone Kurt Cobain und den gewaltlosen Rebell Mahatma Gandhi, schreibt er seit 2005 Krimis und Thriller.

www.Martin-Krist.de

Martin Krist

HENKERS BEIL

Thriller

Die Deutsche Nationalbibliothek verzeichnet diese Publikation in der
Deutschen Nationalbibliografie; detaillierte bibliografische Daten sind im
Internet über http://dnb.dnb.de abrufbar.

Originalausgabe bei **R&K**
20. Januar 2025

Titelbild & Umschlaggestaltung:
Designomicon | Anke Koopmann
unter Verwendung eines Fotos von
© Derek Adams/arcangel
Beratung: Sarah Lippasson
(sarahlippasson.com)
Korrektorat: Daphne Kasten

Martin Krist
Postfach 910104, 12413 Berlin
www.Martin-Krist.de

Verlag: BoD · Books on Demand GmbH, In de Tarpen 42,
22848 Norderstedt, bod@bod.de
Druck: Libri Plureos GmbH, Friedensallee 273, 22763 Hamburg
ISBN: 978-3-7693-5235-1

Auf Spotify, Apple & überall,
wo's Podcasts gibt!

Präsentiert von BoD - Books on Demand

In Berlin schläft das Verbrechen nie: Ob spektakulärer
Raub, skrupellose Entführung oder grausamer Mord -
begib dich mit Bestsellerautor Martin Krist
und Ex-Polizistin Isa Falk auf

MÖRDERS SPUR
der Crime Podcast aus Berlin

Produziert von *&Falko by Sarah Lippasson* als eine
Mischung aus Crime-Podcast und Hörspiel, erzählt der
Podcast einen spektakulären Berliner Kriminalfall.

Das Besondere daran: Der Podcast ist eingebunden
in die neue Thrillerreihe »Oswald & Stark«, das neue
Ermittlerteam an der Seite von Kommissar Kalkbrenner.

VIP-Skandal!

Von Hardy Sackowitz

Berlin. Jahrelang hat sich der Senator für Finanzen, Anton Michels (SPD), von Vereinen hofieren lassen. Die Staatsanwaltschaft ermittelt.

E-Mails, die dem *Berliner Kurier* anonym zugespielt wurden, lassen keinen Zweifel: Der Senator für Finanzen, Anton Michels (SPD), hat sich jahrelang korrumpieren lassen.

Aus den E-Mails geht hervor, dass Michels seit 2019 immer wieder Heimspiele, und zwar insbesondere von drei großen Berliner Sportvereinen, kostenlos in den VIP-Bereichen besuchte.

Dafür nahm er Einladungen der Vereine in Anspruch, die ihm jeweils in unbegrenztem Umfang die Möglichkeit einräumten, Spiele der Vereine kostenlos zu besuchen.

Diese großzügigen Einladungen sind aber »nicht nur für repräsentative Aufgaben an herausgehobenen Einzelterminen« bestimmt gewesen, sondern auf den eindeutigen Willen der Vereine zurückzuführen gewesen, das Wohlwollen des Senators zu bekommen bzw. zu erhalten, da die Vereine von Fördermitteln und der Bereitstellung von Spielstätten durch die Stadt abhängig sind.

Inzwischen hat die Staatsanwaltschaft Ermittlungen gegen Michels aufgenommen. »Es besteht ein dringender Tatverdacht wegen Vorteilsannahme«, so ein Sprecher der Staatsanwaltschaft.

EINS

»Jamina.«

»Ja?«

»Jamina!«

»Was denn, Benedikt?«

»Es ist grün.« Mit seinem To-go-Becher, der wie immer randvoll gefüllt war mit Ingwertee, wies ihr Kollege Benedikt von Oswald zur Ampel raus.

Der Fahrer im Bus hinter ihnen begann ungeduldig zu hupen.

Angesäuert warf Jamina ihr Handy in die Mittelkonsole, dann gab sie Gas.

Im Radio erklang: *Du willst was sagen, aber keiner hört dir zu.*

Sie bog mit dem Passat in die Friedrichstraße, auf der an diesem frühen, lauen Mai-Abend unverändert Hochbetrieb herrschte.

Menschen schlenderten mit Einkaufstüten über die Bürgersteige, in den Cafés wurden noch immer die Gäste bewirtetet.

Rund um den Bahnhof staute sich der Verkehr.

Oswald nippte an seinem Becher. »Wenn ich *das* gewusst hätte …«

Wieder erscholl hinter ihnen die Bushupe.

»... hätte ich mir vorher noch etwas zu essen geholt.«

Eine Straßenbahnglocke schrillte.

Aus dem Radio dudelte: *Jeder, der mir sagt, es geht nach oben, hat gelogen.*

»Eigentlich«, Oswalds Blick fand eine Kebab-Bude, »könnte ich kurz herausspringen.«

»Oder du wartest einfach noch«, sagte Jamina.

»Wir kommen doch ohnehin kaum voran.«

»Wir sind gleich da.«

»Und wer weiß, wie lange wir dort brauchen.«

»Wenn es stimmt, was Leon meinte, ist es halb so wild und –«

Das Signal einer eintreffenden Nachricht erklang.

Sofort griff Jamina nach ihrem Handy – aber es war nur die Werbung ihres Mobilfunkanbieters.

Aus dem Radio klang: *In Wahrheit ist mein Schlafplatz noch am Boden.*

Einen Fluch unterdrückend, schmiss Jamina ihr Telefon zurück in die Mittelkonsole.

»Mein Gott«, brummte Oswald, »was hast du denn?«

Schweigend folgte sie der Blechlawine zur Weidendammer Brücke und dort über die Spree.

»Was ist los mit deiner Tochter?«

Sie setzte den Blinker nach links zum Schiffbauerdamm, dessen Einmündung zu ihrer Überraschung von drei Streifenwagen versperrt wurde.

Schutzpolizeibeamte hatten außerdem Flatterband quer über die Straße gespannt, sodass auch den Fahrradfahrern und Fußgängern der Zutritt zur Uferpromenade verwehrt blieb.

Eine große Menge Schaulustiger hatte sich versammelt, darunter unverkennbar auch etliche Reporter.

Soeben hielt ein Übertragungswagen vom rbb, zu allem Übel in zweiter Reihe, sodass der Verkehr fast gänzlich zum Erliegen kam.

Polizeibeamte, die herbeieilten, versuchten das Chaos zu lichten – mit wenig Erfolg.

»Von wegen – *halb so wild*«, konstatierte Oswald.

Kurzerhand parkte Jamina ihren Passat halb auf dem Bürgersteig.

Das Gehupe begann sofort von Neuem.

Und ja, tönte es aus dem Radio, *sie wollen weg und ein Schluss ziehen und dann raus.*

»Sicher, dass wir hier stehenbleiben?«, zweifelte Oswald.

»Hast du eine bessere Idee?«

Oswalds Blick irrte über die verstopfte Friedrichstraße.

Währenddessen griff Jamina wieder nach ihrem Handy und drückte die Wahlwiederholung.

Nach sechs Freizeichen sprang erneut nur die Mailbox an. *Hallo du, ich kann gerade nicht, aber später vielleicht. Bis denne.*

»Liz«, Jamina gab sich kaum Mühe, ihren Groll zu

verbergen, »wo bist du? Warum meldest du dich nicht?«
Sie hielt inne, wollte etwas hinzufügen, das vielleicht
versöhnlicher klang, aber auf die Schnelle fiel ihr nichts ein.
»Melde dich endlich, okay?« Sie trennte die Verbindung
und blieb sitzen, ihr Telefon fest in der Hand, als würde
sie erwarten, dass sich ihre Tochter tatsächlich jeden
Augenblick meldete.

Stattdessen klopfte es am Fahrerfenster.

»Hey«, ein Schutzpolizeibeamter glotzte zu ihnen in den
Wagen hinein – stämmig, glatzköpfig, sichtlich genervt,
»was glauben Sie, was das hier ist?«

Jamina ließ das Fenster runter. »Wie bitte?«

»Auf jeden Fall kein Parkplatz!«

»Ich weiß, aber . . .«

»Sie blockieren den Verkehr!«

». . . wir haben hier zu tun.«

»Als wäre nicht schon genug Lügenpresse da!«

»Nein, wir sind –«

»Was auch immer, Schätzchen«, unwirsch fuchtelte der
Beamte mit der Hand, *»schaffen Sie schleunigst Ihre Kiste hier
weg!«*

Kurz verschlug es Jamina die Sprache.

Neben ihr beugte Oswald sich vor, um zu beschwichtigen.

»Wie hast du mich genannt?«, kam sie ihm zuvor.

»Wie auch immer«, beeilte sich Oswald zu sagen, noch

ehe der Beamte antworten konnte, »wir sind Kollegen.«
Er zeigte seinen Dienstausweis   »Ich bin Kriminal-
hauptkommissar von Oswald, das ist meine Kollegin,
Kriminaloberkommissarin Stark. Wir werden erwartet.«

»Oh, ah, also«, plötzlich schien der Beamte in sich zu
schrumpfen, »das …«, betreten blickte er auf Oswalds
Ausweis, »das ist natürlich was anderes.«

Da war sich Jamina nicht so sicher. Empört wollte sie
ihn zurechtweisen.

»Aber du hast natürlich recht«, diesmal kam Oswald ihr
zuvor, »wir stehen hier nicht gerade perfekt.«

»Na ja, also …«

»Ich denke, wir suchen uns einen anderen Parkplatz.«

»… das wäre besser.« Verlegen blickte der Beamte zu
Jamina. »Also, hör mal, das gerade, das … das war nicht
so gemeint.«

»Ach nicht?«

»Nein, ich … ich meinte nur …«

»Wie ist dein Name?«

»Jamina«, mahnte Oswald.

Sie fixierte den Beamten. »Dein Name!«

»Also, Hans … Hans Gesing.«

Ihr Blick fand die Sterne auf seinen Schulterklappen.
»Polizeiobermeister.«

»Herrgott«, ächzte Oswald, »lass' gut sein, Jamina!«

Scharf zog sie den Atem ein, dann rumpelte sie wortlos

vom Bordstein und fuhr weiter bis zu dem kleinen Park an der Ecke Ziegelstraße.

Mit einer unsanften Bremsung stoppte sie auf dem Grünstreifen, dicht neben einem alten, roten, rostigen Polo. Unterdessen verklang im Radio die Musik. Die Nachrichten begannen.

Das Pentagon bestätigt im Ukraine-Krieg den Kampfeinsatz von nordkoreanischen Soldaten.

Oswald nahm einen Schluck aus seinem Becher. »Jetzt beruhig dich, er hat auch nur seine Arbeit gemacht.«

»Und deswegen *Schätzchen*, oder wie?«

»Außerdem stand er unter Stress.«

»Schon klar, weil …«

»Du hast ja gesehen, was da los ist.«

»… Lügenpresse und so.«

»Himmelherrgott, du hast ja recht«, Oswald verdrehte die Augen, »aber *das* ist jetzt gerade nicht wirklich dein Problem.«

»Und ob *das* ein Problem ist!«

»Jamina!«

Sie wollte ihm antworten, aber aus irgendeinem Grund verpuffte schlagartig ihre ganze, angestaute Wut.

Im VIP-Skandal um Anton Michels, Senator der Finanzen, leitet die Berliner Staatsanwaltschaft jetzt Ermittlungen ein.

Jamina spürte den erwartungsvollen Blick ihres Kollegen.

Plötzlich fühlte sie sich nur noch ausgelaugt, und die Worte sprudelten aus ihr heraus, noch ehe sie sie zurückhalten konnte. »Liz wollte heute Abend mit ihrer besten Freundin Hannah auf ein Konzert nach Berlin.«

»Ja wie?« Oswald lachte auf. »Das ist alles?«

»Ich habe ihr gesagt, sie sollen sich melden, sobald sie angekommen ist.«

»Sind die beiden das erste Mal alleine nach Berlin?«

»Nein, aber –«

»Mein Gott, du weißt doch, wie Teenager sind.«

»Eben drum.«

»Außerdem ist sie alt genug.«

»Sie ist fünfzehn!«

»Na bitte.« Achselzuckend leerte Oswald seinen Becher.

Wieder schluckte Jamina ihre Antwort hinunter, weil sie sich zu erschöpft fühlte für eine weitere Diskussion, aber auch, weil sie an ihre eigene Jugend und ihre Zeit damals in Berlin denken musste.

Bei einer Großrazzia hat die Polizei kiloweise Kokain, Amphetamine und Marihuana beschlagnahmt und dabei –

Sie schaltete das Radio aus und trat ins Freie, doch die warme Abendluft, die hell erleuchteten Schaufenster und der Verkehrslärm brachten nur noch mehr Erinnerungen zurück – an die langen Nächte, die Musik, zuckende Lichter, Drogen, die Männer.

Unwillkürlich berührte sie die Narbenwulst an ihrem Unterarm.

Sie atmete durch, dann lief sie zurück zum Schiffbauerdamm, viel zu schnell, als könnte sie auf diese Weise nicht nur ihrer Vergangenheit entfliehen, sondern auch ihrer Sorge.

Du weißt doch, wie Teenager sind.

Nur mit Mühe schien Oswald Schritt mit ihr halten zu können. »Vielleicht solltest du endlich über euren Umzug nach Berlin nachdenken.«

Bis zu ihrem Wechsel zum Berliner Morddezernat vor einem Dreivierteljahr hatte Jamina bei der Kriminalpolizei in Potsdam gearbeitet. »Ich habe dir doch gesagt, es sind hier nur schwer erschwingliche Wohnungen zu finden.«

»Hast du überhaupt schon danach gesucht?«

»Außerdem habe ich dir schon einmal gesagt, Liz geht in Potsdam zur Schule, sie hat dort all ihre Freunde.«

»Mit denen sie immer öfter in Berlin abhängt, weshalb sie —«

»Jamina, hier bin ich!« Abseits der vielen Schaulustigen und Reporter winkte ihnen ein junger Mann aufgeregt hinter der Absperrung. *»Benedikt, hier!«*

Jamina steuerte auf ihn zu, froh über die Ablenkung. »Sagtest du nicht, Leon, es sei alles nicht so schlimm?«

»Ja, genau«, erwiderte Leon Pospiech, Kriminalkommissar und mit dreiundzwanzig der jüngste aller

18

Kollegen auf dem Dezernat, »das hier ist überhaupt kein Vergleich zu anderen Fällen.«

Skeptisch beäugte Oswald die Menschentraube. »Und wieso dann die Absperrung und dieser ganze Aufmarsch?«

»Doch nur, weil's ums *Bernhard's* geht, ihr wisst schon, das Restaurant von Bernhard Eckstein, dem Promi-Koch.«

»Mag sein, aber —«

»Meine Freundin ist auch ein großer Fan von ihm, verflixt, wir schauen uns jede Woche seine Kochsendung an.« Pospiech kicherte. »Wenn ich ihr nachher erzähle, dass ich heute hier in Ecksteins —«

»Gottverdammt, Leon«, bremste Oswald die Schwärmerei seines jungen Kollegen, »verrate uns lieber, was genau hier passiert ist.«

»Ja, aber, das ist es ja, das wissen wir nicht, weil wir bisher nur —«

»*Herr von Oswald!*«, rief ein kleiner, dicklicher Mann, der sich durch die Menge bis vor das Absperrband drängelte. »*Frau Stark!*«

»Oh«, machte Oswald wenig erfreut, »Herr Sackowitz, Sie?«

Hardy Sackowitz, Reporter beim *Berliner Kurier*, grinste. »Also stimmt es, was ich gehört habe.«

»Keine Ahnung, was Sie gehört haben«, meinte Pospiech.

»Schon gut, Leon«, warnte Oswald mit einem Blick auf die anderen Journalisten, die ihre Ohren spitzten.

Auch das Fernsehteam vom rbb rückte mit einer Kamera heran.

»Angeblich hat man eine Leiche im *Bernhard's* gefunden«, sagte Sackowitz. »Offenbar die Leiche von Bernhard Eckstein.«

Amüsiert schüttelte Pospiech den Kopf. »Aber nein, da scheinen Sie sich ...«

»*Leon!*«, mahnte Oswald.

»... mächtig verhört zu haben«, schloss Pospiech seinen Satz.

Oswald seufzte.

Sackowitz' Grinsen dagegen wurde breiter. »Und *was* haben *Sie* dann alle hier zu suchen?«

ZWEI

Um ehrlich zu sein, erwartete er von den Kommissaren nicht wirklich eine Antwort. Aber nach inzwischen fast drei Jahrzehnten als Polizeireporter wusste Harald Sackowitz zur Genüge, wie das Spiel funktionierte.

Vieles mochte sich in seinem Job die letzten Jahre verändert haben, und dies leider auch nicht zum Besten.

Aber gewisse Abläufe, da war er sich sicher, würden immer gleichbleiben: Er würde seine Fragen stellen, woraufhin die Kommissare sich in Schweigen hüllen oder – noch besser – unwirsch abwiegeln würden, was meist mehr aussagte als tausend Worte.

Und was haben Sie dann alle hier zu suchen?

»Herrgott«, schimpfte Kommissar von Oswald, wenig überraschend, und obendrein sichtlich verstimmt über seinen jungen, übereifrigen Kollegen, »Sie haben doch gehört, was Herr Pospiech gesagt hat.«

Sackowitz konnte sich ein Lachen nicht verkneifen. »Ach kommen Sie, es ist doch wohl offensichtlich ...«, er musste seine Stimme anheben, weil hinter ihm auf der Friedrichstraße eine Straßenbahnglocke laut schrillte, gleich darauf mehrere Autofahrer mit ungeduldigem Hupen in den Lärm einstimmten, *»es ist doch wohl offensichtlich, dass da im* Bernhard's ...

»Dazu kann ich im Augenblick nichts sagen.«

»... *etwas Schlimmes vorgefallen ist.*«

»*Ich schlage vor, Sie wenden sich an die Presseabteilung.*« Auch von Oswald musste schreien, ehe er seinen beiden Kollegen mit einer genervten Geste bedeutete, ihm über den nahezu menschenleeren Schiffbauerdamm bis zum Restaurant zu folgen.

Sackowitz verzichtete darauf, ihnen noch eine weitere Frage nachzurufen. Längst schien ihm der Fall eindeutig angesichts der Armada, die vor dem Nobelschuppen aufgefahren worden war – mehrere Streifenwagen, etliche Zivilfahrzeuge, zwei Krankenwagen sowie der Transporter der Spurensicherung.

Es ist doch wohl offensichtlich ...

Klar, gut möglich, dass der junge, redselige Kommissar – wie war noch gleich sein Name gewesen?

Pospiech?

Gut möglich, dass Pospiech tatsächlich recht gehabt hatte und der prominente wie berüchtigte Fernsehkoch Bernhard Eckstein keineswegs tot in seinem Lokal aufgefunden worden war.

Dennoch, irgendetwas Schlimmes *musste* dort vorgefallen sein – schlimm genug für einen guten Aufmacher morgen in der Frühausgabe.

Im Kopf formulierte Sackowitz bereits euphorisch einen ersten Entwurf für seine Schlagzeile.

Mord im Promi-Restaurant?

Sein Handy, das zu klingeln begann, riss ihn aus seinen Gedanken.

Prompt verflog seine gute Laune.

Es war Karin, seine Ex-Frau.

Er wollte ihren Anruf bereits annehmen, drückte ihn dann aber weg, weil sein Blick noch einmal zurück zu den Kommissaren fand, die inzwischen das *Bernhard's* erreicht hatten.

Vor dem rustikalen Altbau an der Ecke zum Berthold-Brecht-Platz standen mit sichtlich verstörten Gesichtern die Gäste des Restaurants herum, die meisten von ihnen in vornehmer Abendgarderobe. Ein Stück entfernt wartete eine weitere, kleine Gruppe in weißen Schürzen und schwarzen Westen, zweifellos die Service- und Küchenkräfte. Aufgeregt tuschelnd steckten sie ihre Köpfe zusammen.

Mit etwas Abstand zu ihnen hatte sich ein junger Mann aufgehalten, Anfang dreißig, in kariertem Zweireiher. In dieser Sekunde aber stürmte er in heller Verzweiflung auf die Kommissare zu.

War das etwa …?

Angestrengt spähte Sackowitz hinüber.

Kein Zweifel, er ist es!

»Und?«, rief der Mann aufgelöst in Richtung der Beamten.

Was immer er sie danach fragte, konnte Sackowitz nicht mehr verstehen – der Lärm auf der Friedrichstraße schwoll plötzlich wieder an.

Außerdem läutete sein Telefon.

Erneut war es Karin.

Er seufzte.

Wahrscheinlich ging es ihr mal wieder um seinen Unterhalt, den er zu spät überwiesen hatte, um die Kinder oder um zu wenig Zeit, die er für sie aufbrachte.

Was auch immer der leidige Grund für ihren Anruf war – aus langer Erfahrung wusste er, dass sie nicht eher Ruhe geben würde, bis sie ihren Missmut endlich auf ihn hatte abladen können.

Notgedrungen nahm er ab. »Was ist es diesmal, Karin?«

DREI

»Und?« Aus irgendeinem Grund schien der junge, aufgebrachte Mann Jamina als die Verantwortliche auszumachen. Er blieb vor ihr stehen. *»Sind Sie es, die hier das Sagen hat?«*

»Nein, das …«

»Meine Güte, ja wer denn dann?«

»… bin ich«, beendete Oswald den Satz. »Kriminalhauptkommissar von Oswald. Und wer sind Sie?«

»Das ist Gustavo Alberti«, erklärte Pospiech, »ein Freund von –«

»Sein Freund!«, korrigierte Alberti entrüstet.

Woraufhin aus der Gruppe der Service- und Küchenkräfte ein spöttisches Glucksen erklang.

Alberti schien es nicht mitzubekommen – oder er ignorierte es. *»Wir sind seit dreieinhalb Jahren ein Paar!«*

»Sie und Bernhard Eckstein?«, fragte Oswald.

Alberti funkelte ihn an. *»Haben Sie etwa ein Problem damit?«*

»Nein«, beschwichtigend hob Oswald die Hände, »ich wollte nur –«

»Herrje, ist das also der Grund, weshalb hier nichts geschieht?«

»Ja, aber«, meldete sich Pospiech zu Wort, »ich habe Ihnen doch schon mehrfach erklärt, dass wir erst einmal –«

»*Ja, was denn noch? Verstehen Sie denn nicht? Ich mache mir Sorgen! Große Sorgen!*«

Einer der Köche schnaubte abfällig.

Wieder ging Alberti nicht darauf ein. »*Ich bin sofort hergekommen, als ich … als ich davon erfahren habe.*«

»Trotzdem«, beharrte Pospiech, »wir müssen —«

»*Sie müssen Bernhard finden. Grundgütiger, jetzt sofort!*«

In Albertis Schimpfen mischte sich Jaminas Handy mit dem Signal einer eingehenden Nachricht.

Sofort wollte sie zum Telefon greifen, ließ es jedoch bleiben, als sie Oswalds mahnenden Blick bemerkte. »Ist Herr Eckstein verschwunden?«, fragte sie stattdessen.

Erzürnt fuchtelte Alberti mit den Händen. »*Er ist in Gefahr!*«

»Ja, aber, zur Stunde deutet nichts darauf hin«, wand Pospiech ein.

»*Ich weiß, dass er in Gefahr ist.*«

»Was macht Sie so sicher?«, erkundigte sich Oswald.

»*Herrje, weil er sein Handy ausgeschaltet hat.*«

»Vielleicht ist er gerade beschäftigt.«

»*Er schaltet nie …*«, in Albertis Sakkotasche begann sein Telefon zu klingeln, »*… nie sein Telefon aus.*«

»Vielleicht war der Akku leer.«

»*Nein, er hat immer …*«, Alberti holte das läutende Gerät heraus, »*… immer eine Powerbank dabei.*«

»Vielleicht ruft er Sie jetzt gerade an«, meinte Oswald.

Alberti sah auf sein Handy, runzelte die Stirn, dann drückte er den Anruf weg. »Nein«, kopfschüttelnd stopfte er das Telefon zurück in seine Tasche, »nein, das … das war mein Büro, ich —« Sein Blick raste besorgt zum Restaurant, aus dessen Eingang sich in dieser Sekunde eine ältere Frau in Schutzanzug schwerfällig ins Freie bemühte.

Mit einem Schmerzenslaut verharrte sie auf dem Bürgersteig.

Ursula Buschmann, Kriminalhauptkommissarin und mit einundsechzig obendrein die Dienstälteste im Dezernat, massierte sich ihren von Rheuma geplagten Rücken.

Dabei bemerkte sie ihre Kollegen und kämpfte sich auf sie zu.

»Und?« In Albertis Gesicht lagen sowohl Hoffnung als auch Panik. »Wissen Sie *jetzt* endlich, wem —«

»Tut mir leid, Herr Alberti«, ließ Buschmann ihn nicht ausreden, »das wissen wir bisher nicht.«

»Ist auch egal«, Alberti rang mit den Armen, »es besteht doch wohl kein Zweifel, dass sich Bernhard in Gefahr befindet.«

»Wie gesagt«, erwiderte Pospiech, »im Augenblick …«

»Meine Güte, was brauchen Sie denn noch? Dieser Fund da drinnen …« Verzweifelt zeigte er zum Restaurant.

Eine Kellnerin murmelte etwas. Die anderen lachten leise.

»Also bitte!« Alberti wirbelte zu ihnen herum. *»Ich weiß wirklich nicht, was daran so lustig sein soll!«*

Was nur ein neuerliches Kichern zur Folge hatte.

»Was ist bloß los mit euch? Herrje, ihr tut gerade so, als ... als ob ...« Albertis Stimme erlahmte in dem Versuch, die richtigen Worte zu finden. Empört schüttelte er den Kopf, ehe er sich wieder den Kommissaren zuwendete.

Die blickten ihn fragend an.

Abermals deutete er ein Kopfschütteln an, so als fehlte ihm jetzt auch die Kraft, noch weiter darüber zu reden.

Außerdem begann erneut sein Handy zu klingeln.

Er stöhnte. »Entschuldigen Sie«, wieder zog er das Telefon aus seiner Sakkotasche, »ich glaube, ich muss da kurz rangehen.« Dann entfernte er sich einige Schritte, bevor er den Anruf entgegennahm.

»Uschi«, verwundert blickte Pospiech zu seiner Kollegin, »wissen wir tatsächlich nicht, wer —«

»Doch«, sagte Buschmann.

»Ja, aber —«

»Ich denke, für den Moment braucht *er«,* Buschmann nickte in Richtung Alberti, »es nicht zu erfahren. Sonst dreht er womöglich völlig durch.« Mit diesen Worten drehte sie sich um, einen Tick zu schnell.

Sie zuckte zusammen. Unter Schmerzen schleppte sie sich zurück ins Restaurant. »Zieht euch um und kommt mit.«

Jamina und ihre Kollegen gingen zum Transporter der Spurensicherung.

»*Ja wie?*«, rief Alberti ihnen nach und nahm sein Handy vom Ohr. »*Wohin wollen Sie?*«

»Wir beabsichtigen, uns einen Eindruck verschaffen«, erklärte Oswald.

»*Und was ist mit mir?*«

»Sie warten bitte hier.«

»*Nein, herrje, ich meine – mit Bernhard? Was wird mit ihm? Wann werden Sie endlich die Suche beginnen?*«

»Sobald wir wissen, was genau passiert ist.« Oswald wartete Albertis Reaktion nicht ab, lief stattdessen weiter.

Während Jamina ihm zum Transporter folgte, holte sie ihr eigenes Telefon hervor.

»Und?«, fragte Oswald. »Von Liz?«

»Nein«, presste sie hervor.

Die Nachricht, die eben eingetroffen war, stammte von Elli, einer Kollegin und Freundin. *Schon lange nicht mehr gesehen? Wie geht es dir? Lust auf einen Kaffee?*

»Ich sag's dir«, Oswald zuckte mit den Schultern, »du machst dir unnötig Sorgen.«

Du weißt doch, wie Teenager sind.

Besorgt steckte Jamina ihr Handy wieder weg. »Leon«, sie konzentrierte sich auf Pospiech, während sie sich einen Schutzanzug anzog, »was genau wurde denn jetzt überhaupt in dem Restaurant gefunden?«

»Zumindest nicht Ecksteins Leiche«, sagte Pospiech.

»Das haben wir inzwischen begriffen«, bemerkte Oswald. »Aber wenn hier keine Leiche gefunden wurde —«

»*Das* habe ich nicht gesagt!«

»Du hast doch vorhin zu Sackowitz gesagt, es gäbe ...«

»... nicht die Leiche von Eckstein, *das* habe ich gesagt.«

»Gibt es jetzt eine Leiche oder nicht?«

»Nein«, Pospiech schüttelte den Kopf, »nicht wirklich.«

»Herrgott!«, fluchte Oswald. »Was denn jetzt?«

Die gleiche Frage stellte sich Jamina auch.

Pospiech schlüpfte in Einweghandschuhe und klemmte sich die Maske vor Mund und Nase. Dann schritt er voraus ins *Bernhard's*. »Schaut's euch an.«

VIER

»Hardy?«, erscholl Karins wütende Stimme aus dem Hörer. »Bist du das?«

»Ja«, Sackowitz seufzte, »wer denn sonst?«

»Hardy?«

»Himmel, Karin, du hast mich doch angerufen!«

»Das ist kein Grund, mich anzuschreien!«

»Du schreist mich doch auch an!«

»Verflucht, ich schreie dich nicht an!«, schrie Karin.

Sackowitz presste die Lippen fest aufeinander. *Bleib ruhig,* ermahnte er sich, *bleib bloß ruhig.*

Was ihm, zugegeben, bei Karin meist nur selten gelang und mit einer der Gründe war, weshalb sie inzwischen geschieden waren.

Er bemerkte die belustigten Blicke seiner Kollegen und der anderen Schaulustigen, die sich vor der Polizeiabsperrung herumtrieben.

Und es kamen immer mehr Neugierige hinzu.

Inzwischen reichte die Menschentraube bis auf die Friedrichstraße, auf der rein gar nichts mehr ging – Straßenbahnen, Busse, Autos, alles staute sich, schrillte, hupte. Schutzpolizeibeamte versuchten vergeblich, dem Verkehrschaos Herr zu werden.

»Was ist das überhaupt für ein Lärm bei dir?«, brüllte Karin.

Sackowitz entfernte sich ein Stück von der Menge. »Ich bin unterwegs.«

»*Was?*«

»*Ich sagte, ich bin unterwegs!*«

»*Und ich sagte, du sollst mich nicht anschreien!*«

»Himmel, Karin«, Sackowitz dämpfte seine Stimme, »manchmal –«

»Was sagst du?«

»Ich habe gesagt –«

»*Und wo steckst du überhaupt?*«

»Wie gesagt, ich bin unterwegs.«

»*Dann bist du also gleich da?*«

»Wo?«

»*Na, hier bei mir!*«

Sackowitz schwieg verdutzt.

»*Hardy?*« In Karins ungeduldiger Stimme zog bereits ihr nächster Tobsuchtsanfall herauf.

Sackowitz' Gedanken rasten.

Denk nach, Himmel, denk nach!

Doch ihm fiel partout nicht ein, weswegen sie ihn heute Abend hätte erwarten sollen.

»*Ist das dein ernst?*«, schnappte sie.

»Ich habe –«

»*Du hast Leonie vergessen!*«

»Ach was, nein«, beeilte er sich zu sagen, während er in sich hinein fluchte. Denn er *hatte* seine Tochter vergessen.

»Nein, das habe ich nicht.«

»Verflucht, Hardy, du bist unmöglich!«

»Ich habe sie —«

»Sie ist auch deine Tochter!«

»Wie oft willst du mich denn noch daran erinnern?«

»Solange, bis du begreifst, dass —«

»Als hätte ich sie je vergessen!«

»Du vergisst, dass —«

»Ich habe sie nicht vergessen!«

»Zum letzten Mal: Schrei mich nicht an!«

Angestrengt holte Sackowitz Luft.

»Du brauchst gar nicht so genervt zu tun!«, zischte Karin.

»Nein, ich —«

»Ist auch egal«, ließ sie ihn nicht ausreden, »aber ich muss in einer Stunde los, Hardy.«

»Ich mache mich gleich auf den Weg.«

»Nicht gleich! Jetzt!«

»Es spielt doch wohl keine Rolle, ob du fünf Minuten später zur Party kommst.«

»Verflucht, das ist keine Party!«

»Nicht?«

»Ich habe dir gesagt, es ist eine Fortbildung!«

»Auch gut.« Sackowitz vernahm das Signal eines weiteren, eingehenden Anrufs. »Ich mache mich jetzt sofort los.«

»Und denk bitte daran, dass Leonie —«

»Warte kurz«, er warf einen Blick auf sein Handy. »Oh Scheiße!«

FÜNF

Jamina hatte schon vieles über das *Bernhard's* gehört, auch einige Fernsehbeiträge gesehen, und stets hatte alles mächtig beeindruckend auf sie gewirkt.

Die gepfefferten Preise für ein Drei-Gänge-Menü allerdings auch.

Was der Grund war, weshalb sie selbst noch nie zu Gast in dem Nobelrestaurant gewesen war.

Ein halber Monatslohn für einen Sangohachi Zander mit Sauerkraut schien ihr dann doch etwas überzogen, daran mochte auch die handgezupfte, peruanische Minze nichts ändern.

Doch jetzt, als sie das Restaurant zum ersten Mal betrat, war sie beinahe enttäuscht.

Oswalds skeptischer Blick ließ keinen Zweifel, dass es ihm kaum anders erging.

Der Raum war in Wahrheit nicht einmal sonderlich groß, das Interieur in seiner Gesamtheit gewöhnungsbedürftig – ringsum holzvertäfelte Wände, Fabrikrohre, die kreuz und quer unter der Decke verliefen, altmodische Kronleuchter, die mattes Licht auf ein Dutzend gedeckter Tische warfen. Diese standen jetzt verlassen da, die Gläser halb ausgetrunken, Teller mit kalt gewordenen Speisen, manche noch unberührt, andere zur

Hälfte vertilgt. Alles wirkte, als hätten die Gäste überstürzt aufbrechen müssen.

Allerdings hing der Duft der Speisen noch in der Luft, und aus der Küche hinten drangen Geräusche.

Auf dem Weg dorthin passierten sie eine Theke, auf der drei Teller mit kunstvoll hergerichteten Speisen standen – hauchdünn geschnittenes Carpaccio, Lachs auf einem Bett aus wildem Spargel, kleine Türmchen aus Aubergine, Kirschtomaten, Mozzarella und Basilikum.

Als Jamina die Küche betrat, wurde ihr bewusst, dass Oswald ein Stück zurückgeblieben war.

Mit der einen Hand hatte er seine Maske gelupft, mit der anderen pickte er sich die winzigen Tomaten von einem der Teller.

Als er ihren konsternierten Blick bemerkte, gefror seine Hand auf halbem Weg zum Mund. »Ich habe doch gesagt, ich habe Hunger.«

»Echt jetzt?«

»Mein Gott, es sind doch nur ein paar Tomaten.«

Kopfschüttelnd ließ sie ihn stehen.

Anders als der zusammengewürfelte Gastraum entpuppte sich die Küche als ein Ensemble aus Edelstahl und hochmodernen Küchengeräten, professionellen Messerblöcken, kupfernen Töpfen und Pfannen, von denen der Großteil bis vor Kurzem noch in Benutzung gewesen war.

Fast alles war bekleckst und verschmiert, mit Suppen, Soßen, Nudeln, Salatblättern oder anderen Zutaten gefüllt. Aber statt der Köche wuselten jetzt die Kriminaltechniker geschäftig herum.

An einem riesigen Gasherd, der das Zentrum bildete, lehnte Buschmann und gönnte ihrem Rücken Erholung.

Bei ihr stand Dr. Franziska Bodde, die Leiterin des Tatort- und Erkennungsdienstes. »Frau Stark«, sie nickte ihnen zu, »Herr von Oswald.«

»Hier!« Pospiech winkte sie aufgeregt zu einer langen, verchromten Theke, auf der sich weitere Teller mit fertig zubereiteten Speisen aneinanderreihten.

Eine bestand aus einem Bett knackiger Salatherzen, garniert mit hauchdünnen Radieschenscheiben, karamellisierten Walnüssen und Streifen gelber Paprika. Eine andere aus Babyspinat, Ziegenkäse und getrockneten Preiselbeeren. Auf dem dritten Teller lag Rucola mit gehobeltem Parmesan und frischen Feigen.

Obwohl zweifellos schon eine Weile vergangen war, seit die Speisen angerichtet worden waren, wirkten sie noch immer frisch, appetitlich, verlockend.

Dennoch, etwas störte.

Jamina brauchte einen Augenblick, bis sie begriff.

Aus dem Rucola-Teller ragte, regelrecht fein drapiert zwischen dem Parmesan und den Feigen, ein menschlicher Daumen heraus.

SECHS

»Hardy!«, blaffte Karin, *»was hast du da gesagt?«*

Sackowitz blickte auf sein klingelndes Handy, das die Nummer von Chris Pelzer anzeigte.

Scheiße!

Pelzer war der neue Chefredakteur beim *Kurier.*

»Ich muss auflegen«, sagte Sackowitz.

»Verflucht, Hardy, du –«

»Ich sagte doch, ich bin gleich bei dir.« Noch ehe Karin weiterschimpfen konnte, trennte er die Verbindung.

Er zuckte erschrocken zusammen, als dicht neben ihm eine Lkw-Hupe dröhnte.

Genervt bellte einer der Schutzpolizeibeamten einen Befehl. Als er jedoch Sackowitz bemerkte, wendete er sich mit einer schnellen Bewegung von ihm ab.

Sackowitz schaute wieder auf sein beharrlich läutendes Telefon.

Scheiße, Scheiße!

Nur selten rief Pelzer direkt auf seinem Handy an, aber wenn, dann hatte er für gewöhnlich nur schlechte Nachrichten im Gepäck.

Zum Glück gab er jetzt auf. Das Klingeln verstummte.

Erleichterung verspürte Sackowitz trotzdem nicht, denn mit Pelzer verhielt es sich so ähnlich wie mit Karin – auch er würde erst dann aufgeben, wenn er seine neueste Hiobsbotschaft losgeworden war.

Als würde er sich auf diese Weise vor ihr schützen können, hastete Sackowitz hinüber zu dem Schutzpolizeibeamten. »Hallo Hans!«

»Mensch, Hardy«, fluchte Polizeiobermeister Hans Gesing, während er die Pkws mit wilden Handzeichen zum Weiterfahren aufforderte, »ich hab' dir doch gesagt, du sollst mich nicht einfach so ansprechen!«

»Himmel, jetzt hab' dich doch nicht so.«

»Wenn uns beide jemand sieht!«

»Apropos sehen ...«

»Für heute hab' ich schon genug Ärger am Hals!«

»... hast du gesehen, was genau im *Bernhard's* gefunden wurde? Ecksteins Leiche oder eine andere?«

»Nein«, unwillig schüttelte Gesing den Kopf, »ich bin bisher nur —«

»Kannst du's herausfinden?«

»Wenn du noch länger hier herumstehst, kann ich gar nichts mehr, weil man mir kündigt.«

»So schlimm wird's schon nicht werden.«

»Hast du eine Ahnung!«

Sackowitz' Handy meldete sich aufs Neue.

Scheiße!

Abermals – Pelzer.

»Also was jetzt?«, drängelte Sackowitz. »Kannst du?«

»Was?«, zischte Gesing.

»Herausfinden, was im Restaurant vorgefallen ist!«

»Das kostet dich was.«

»Klar, fünfzig, wie immer.«

»Nein, hundert!«

»Hundert?«, schnappte Sackowitz. *»Was soll der Scheiß?«*

»Bei dem Risiko, das ich habe, nur fair.«

»Steck dir dein *fair* sonstwohin.«

Achselzuckend wandte sich Gesing ab. »Auch gut.«

»Himmel«, fluchte Sackowitz, »ist ja gut, melde dich, okay?« Dann schlängelte er sich an den stauenden Pkws vorbei über die Friedrichstraße. Dabei nahm er endlich den Anruf entgegen. »Herr Pelzer?«

»Herr Sackowitz«, murrte Pelzer, »wo stecken Sie denn?«

»Ich arbeite.«

»Immer noch an der Sache mit Eckstein? Wurde tatsächlich seine Leiche gefunden?«

»Die Polizei bestreitet es, aber —«

»Dann finden Sie es gefälligst heraus!«

»Das habe ich vor.« Sackowitz erreichte den kleinen Park an der Ecke Ziegelstraße.

»Und wann können wir Ihren Bericht erwarten?«, fragte Pelzer, ohne seine Ungeduld großartig zu verbergen.

Wütend zwängte er sich an dem Passat vorbei, der seinen alten, roten, rostigen Polo fast eingeparkt hatte.

»Den schreibe ich heute Abend noch.«

»Gut, gut«, machte Pelzer, klang dabei aber nicht, als würde er tatsächlich zufrieden sein. »Vorher möchte ich, dass Sie nach Kreuzberg fahren.«

»Was ist dort?«

»Es hat eine Messerstecherei gegeben, angeblich Milieu-Rivalitäten.«

Sackowitz blickte auf die Uhr.

Ich muss in einer Stunde los, Hardy.

»Könnte das nicht ein Kollege übernehmen?«, fragte er.

Pelzer gab einen unwilligen Laut von sich. »*Sie* sind doch gerade ohnehin unterwegs.«

»Ja, aber –«

»Und die Clan-Kriminalität ist ein Thema, das die Berliner bewegt.«

»Das stimmt, nur –«

»Natürlich könnte ich einen anderen Kollegen herausschicken«, ließ Pelzer ihn nicht ausreden, und jetzt schien er seine Geduld endgültig verloren zu haben, »aber dann, nun ja ...« Den Rest sprach er nicht aus.

Musste er auch nicht. Sackowitz hatte die Botschaft verstanden.

Dann sind Sie ja überflüssig.

Er unterdrückte einen Fluch, während er sich durch einen schmalen Türspalt ins Wageninnere quetschte. »Wo genau muss ihn hin?«

SIEBEN

Jamina näherte sich dem Rucola-Teller, als traute sie ihren Augen nicht.

Der Anblick war schier grotesk.

Tatsächlich wirkte der Daumen zwischen dem Parmesan und den frischen Feigen, als gehörte er zu dem Arrangement hinzu.

»Uschi«, angewidert drehte sie sich zu ihrer Kollegin um, »wissen wir, wem der Daumen gehört?«

»Nicht nur der Daumen«, erwiderte Buschmann.

»Mein Gott, was denn noch?«, fragte Oswald bestürzt.

Buschmann wies auf einen Beweismittelbeutel, der auf der Theke neben Dr. Bodde lag. »Zusätzlich zum Daumen befand sich noch ein Zeigefinger im Salat.« In dem Beutel war der entsprechende Finger zu erkennen. »Dessen Abdruck ergab einen Treffer in der Datenbank.«

»Es besteht kein Zweifel«, fügte Dr. Bodde hinzu, »der Finger gehört Bernhard Eckstein.«

»Gottverdammt«, fluchte Oswald, »das ändert jetzt wohl so einiges.«

Buschmann beließ es bei einem angestrengten Kopfnicken.

Unterdessen kam Jamina ein anderer Gedanke. »Wieso befindet sich Eckstein überhaupt in der Datenbank?«

»Ja, wie?«, machte Pospiech erstaunt. »Das hast du nicht mitbekommen?«

»Also *ich* für meinen Teil bin kein großer Fan von Eckstein.«

»Ja, aber, ich doch auch nicht! Nur meine Freundin! Wir schauen uns jede Woche Ecksteins —«

»Ja, Leon«, ließ Oswald ihn nicht ausreden, »das erwähntest du bereits.«

»Die Sache ist die«, ergriff Buschmann das Wort, »der beliebte Fernsehkoch mit seinem Nobelrestaurant ist nur *ein* Gesicht von Eckstein.«

»Und das andere?«

»Er hat eine besondere Beziehung zu Kokain.«

»Hoffentlich nicht auch als Salatwürze«, bemerkte Oswald.

»Nein, nur für Tomaten«, meinte Jamina spitz.

Hinter seiner Maske verdrehte Oswald die Augen.

Irritiert sah Buschmann die beiden an.

»Er wurde also mit Koks erwischt«, lenkte Oswald ab.

»Ja«, bestätigte Buschmann, »mehrfach sogar.«

»Aber das ist nicht alles«, warf Pospiech ein, »außerdem fährt Eckstein leidenschaftlich gerne seinen Porsche.«

»Das ist Protz, aber kein Verbrechen«, stellte Jamina fest.

»Er ist ein notorischer Raser«, sagte Pospiech.

»Und ein cholerischer noch dazu«, ergänzte Buschmann. »Einmal hat er sich mit einer Verkehrsstreife angelegt und dabei einer Kollegin eine gelangt.«

»*Was* hat er?«, fragte Jamina.

»Na, einer Kollegin eine Ohrfeige verpasst.«

»Hast du das etwa auch nicht mitbekommen?«, staunte Pospiech.

Jamina schüttelte den Kopf. »Ich sagte doch schon —«

»Kurz stand sogar seine Kochsendung auf der Kippe.«

»Offenbar nur *sehr* kurz«, ätzte Jamina.

Pospiech zuckte mit den Schultern. »Seine Sendung ist halt beliebt, hat hohe Einschaltquoten.«

»Auch dank *dir* und *deiner* Freundin«, betonte Jamina, »die ihr so einen Typen auch noch unterstützt.«

»Mein Gott, Jamina«, brummte Oswald, »jetzt mach' mal einen Punkt.«

Auch Pospiech war eingeschnappt und wollte etwas erwidern.

Da drang eine wütende Stimme aus dem Gastraum. *»Unerhört!«* Ihr folgte kurz darauf eine gedrungene Gestalt im Schutzanzug.

»Herr Dr. Wittpfuhl«, begrüßte Pospiech den Gerichtsmediziner, »gut, dass Sie gekommen sind.«

»Haben *Sie* mich rufen lassen?«, wetterte Dr. Wittpfuhl.

»Genau, ich dachte —«

»Und *ich* denke, dass das absolut überflüssig war.«

»Ja, aber —«

»Denn es stimmt, was mir über den Fund mitgeteilt wurde, oder?« Dr. Wittpfuhl trat vor die Theke und beäugte den Salatteller. »Ein Daumen!«

»Und ein Zeigefinger«, erinnerte Pospiech.

»Der Ihr Verhalten kaum besser macht!« Missmutig beugte sich Dr. Wittpfuhl über den Salat. »Unerhört!«

»Lebt er noch?«, fragte Pospiech.

Dr. Wittpfuhl runzelte die Stirn. »Wer? Der Daumen?«

»Die Person, der der Daumen gehörte«, sagte Pospiech, »Bernhard Eckstein.«

»Ist das Ihr Ernst?«

»Aber ja, Bernhard Eckstein, der bekannte Fernsehkoch. Kennen Sie ihn?«

»Nein!«

»Sie kennen ihn nicht?«

»Herr im Himmel«, fuhr Dr. Wittpfuhl auf, »natürlich kenne ich Herrn Eckstein, aber nein, ich meinte Ihre Frage.«

»Ob er noch lebt?«

»Woher soll ich das wissen?«

»Ja, aber, was ist denn mit seinem Daumen? Oder dem Zeigefinger?«

»Eben«, Dr. Wittpfuhl seufzte, »es sind *zwei* Finger, die nun wirklich keinerlei Rückschluss auf die aktuelle, körperliche Versehrtheit ihres Besitzers zulassen.«

»Ich glaube«, mischte sich Oswald ein, »was mein

Kollege tatsächlich meint: ob die Finger Post mortem amputiert wurden?«

Dr. Wittpfuhl griff nach dem Beweismittelbeutel und beäugte den darin schaukelnden Zeigefinger aus der Nähe. »Nein, das nicht.«

»Sind Sie sich sicher?«, fragte Pospiech.

»Was erlauben Sie sich?« Dr. Wittpfuhl funkelte ihn an. »Natürlich bin ich mir sicher.« Er hob den Beutel mit dem Finger noch etwas höher. »Schauen Sie hier, die geronnenen Blutklumpen am Wundrand. Zweifellos, das Opfer hat zur Tatzeit noch gelebt.«

»Können Sie uns auch etwas über den Täter sagen?«

»Sie wollen mich wohl auf den Arm nehmen?«

»Und diesmal, glaube ich«, ergriff Oswald erneut das Wort, »will mein Kollege wissen, ob die beiden Finger fachmännisch amputiert wurden?«

»Nein«, blaffte Dr. Wittpfuhl, »auch das nicht.«

Pospiech setzte zu einer weiteren Frage an.

»Schauen Sie«, kam ihm Dr. Wittpfuhl zuvor, »der Knochen steht mit scharfen, gesplitterten Enden aus der Wunde heraus. Die Haut ist ungleichmäßig zerrissen und hängt in Fetzen herab. Das umliegende Gewebe zeigt Quetschungen, was die Wunde geschwollen und verfärbt erscheinen lässt.« Er holte Luft. »Und wenn sonst nichts weiter ist ...« Ohne ein weiteres Wort stapfte er nach draußen.

»Uschi«, Oswald drehte sich zu seiner Kollegin um, »sind die beiden Finger das Einzige von Eckstein, das im Restaurant gefunden wurde?«

»Du meinst, ob es noch weitere Körperteile gibt?«

»Zum Beispiel.«

»Nein, nur die beiden Finger.«

Oswald wandte sich an Dr. Bodde. »Haben Sie einen Hinweis darauf gefunden, dass die Finger hier in der Küche amputiert wurden?«

»Nun«, die Kriminaltechnikerin hob bedauernd die Schultern, »hier wurde bis vor einer Stunde gekocht«, mit einer Handbewegung beschrieb sie die Küchengeräte, die verschmierten Löffel und Messer, die gefüllten Töpfe und Pfannen, »und so schaut es auch aus.«

»Ist das ein *Nein?*«

»Ja.«

»Also nichts, das uns gegenwärtig weiterhilft?«

»Ich bin mir nicht sicher, was Sie meinen, Herr von Oswald, aber ja, wir haben Fingerabdrücke, und zwar en masse. Und auch sonst, Blut, Fasern, Haare. Was allerdings von Tieren und was von Menschen stammt, was in Verbindung zu einer möglichen Tat steht, werden die Laboranalysen zeigen müssen.«

»Also haben wir zur Stunde zwei seiner Finger«, Oswalds Blick kehrte zu dem Salat zurück, »aber von Eckstein selbst fehlt jede Spur.«

»Genau«, bestätigte Pospiech, »womöglich entführt.«

»Wie kommst du denn darauf?«

»Ja, aber, machen das Entführer nicht immer so?«

»Was?«

»Dass sie Körperteile verschicken, als eine Art Botschaft.«

»Was für eine Botschaft?«

»Also dafür, dass sie die Person in ihrer Gewalt haben.«

»Mag sein«, zweifelte Oswald, »aber für gewöhnlich schicken sie die Körperteile direkt an die Familie oder enge Freunde. Wozu ins Restaurant?«

»Und wozu in einem Salat?«, fügte Jamina hinzu.

Oswald nickte.

»Leon«, fragte Jamina, »seit wann genau ist Eckstein eigentlich verschwunden?«

»Nach übereinstimmenden Aussagen mehrerer seiner Angestellten hat er etwa gegen 19.30 Uhr das *Bernhard's* verlassen.«

»Zuvor hat er sich den ganzen Tag im Restaurant aufgehalten?«

»Seit er es heute Morgen um elf geöffnet hat.«

»Wieso hat er es verlassen?«

»Dem Küchenchef hat er gesagt, er wolle nur kurz in die Parkgarage zu seinem Wagen …«

»Ach«, schnaubte Jamina, »etwa seinem Porsche?«

»Jamina!«, mahnte Oswald.

Sie ignorierte ihn. »Und danach ist er nicht mehr ins Restaurant zurückgekehrt?«

»Nein«, sagte Pospiech, »seitdem hat ihn hier niemand mehr gesehen. Und telefonisch ist er auch nicht zu erreichen.«

»Und was ist mit seinem Porsche?«

»Der steht unverändert in der Parkgarage, an der Ecke Albrechtstraße.«

»Gibt es dort Anzeichen auf einen Überfall, eine Entführung?«

»Nichts dergleichen.«

»Trotzdem sollte der Wagen untersucht werden«, schlug Oswald vor.

»Genau«, Pospiech nickte, »darum wird sich bereits gekümmert.«

»Ebenso sollte auch der Weg zur Parkgarage abgesucht werden.«

»Auch das habe ich veranlasst«, sagte Pospiech.

»Ihr geht also davon aus, dass sowohl Entführung als auch Amputation außerhalb des Restaurants geschehen sind?«, fragte Jamina.

»Genau«, erwiderte Pospiech, »eine solche Amputation ist ja garantiert sehr schmerzvoll, und hier drinnen, während des laufenden Betriebs, hätten die Angestellten es deshalb ganz sicher mitbekommen, meinst du nicht?«

»Ja, schon«, gab Jamina zu.

Ihr skeptischer Tonfall ließ Pospiech aufhorchen. »Aber?«

»Aber wenn die Tat draußen geschehen ist, muss zumindest irgendjemand die amputierten Finger in die Küche gebracht und in den Salat gelegt haben.«

»Ja, und?«

»Ein Fremder wäre dabei *auch* ganz sicher den Angestellten aufgefallen, meinst du nicht?«

»Ja.«

»Hat einer von ihnen etwas dergleichen erwähnt?«

»Äh«, machte Pospiech, »nein.«

»Warum nicht?«

Pospiech schien kurz über die Frage nachzudenken. »Das würde ja bedeuten . . .«

»Ja«, ließ Oswald ihn nicht ausreden, »du hast recht.« Er winkte Jamina zum Ausgang. »Wir sollten uns die Angestellten vornehmen.«

Pospiech eilte ihnen nach. »Ich werde —«

»Du wirst mit Uschi erst einmal die Gäste vom heutigen Abend befragen.«

»Ja, aber —«

»Vielleicht hat ja einer von Ihnen etwas mitbekommen.«

Pospiech blieb stehen.

»Was ist Leon? Worauf wartest du?«

ACHT

Der Fahrtwind blies zum offenen Fahrerfenster hinein, aber er linderte Sackowitz' schlechte Laune kaum.

Natürlich könnte ich einen anderen Kollegen herausschicken ...

Er kurvte durch den Kreisverkehr am Kottbusser Tor, wo trotz – oder gerade wegen – der fortgeschrittenen Stunde ein reges Gewusel vor den Casinos, den hell erleuchteten Spätis und den Imbissbuden herrschte.

Auf dem Kottbusser Damm war es kaum besser.

Der Falafel- und Döner-Gestank mischte sich mit den beißenden Abgasen der Autos, die sich vor den Ampeln stauten.

Missmutig kurbelte Sackowitz die Seitenscheibe hoch.

Vor der *Ankerklause* stand ein Rettungswagen, drumherum eine Traube trauriger Gestalten, Junkies, Säufer, die üblichen Verdächtigen.

Dann sind Sie ja überflüssig.

Klar, Pelzer hatte die Worte nicht ausgesprochen, doch das brauchte er auch nicht.

Sackowitz mochte inzwischen Mitte fünfzig sein, sicher nicht mehr der Schnellste; er selbst hatte zu lange zu viel Alkohol gesoffen, fünfundzwanzig Kilo Übergewicht und obendrein einen üblen Herzinfarkt hinter sich. Auch als Vater mochte er ein ziemlicher Versager sein, zumindest wenn es nach Karin ging. Und Himmel, vermutlich hatte sie sogar recht damit.

Aber dumm war er trotzdem nicht.

Der digitale Wandel hatte den Verlag verändert, nicht nur die Werbeeinnahmen der Zeitung waren eingebrochen, auch die Zahl der Mitarbeiter hatte sich deshalb seit Jahren sukzessive verringert.

Pelzer war erst ein paar Monate im Amt, aber sein Besen kehrte schneller als die Redakteure schreiben konnten. Seine liebsten Worte waren: *Rückbildung.* *Umstrukturierung.* Und: *Optimierung.*

Seither war niemand mehr seines Jobs sicher, nicht einmal altgediente Reporter wie Sackowitz.

Manchmal hatte er das Gefühl, dass die Verlagsoberen nur darauf lauerten, dass er einen Fehler beging, um ihn endgültig abzuschießen.

Und dann?

Ihm war bewusst, dass er in seinem Alter und seinem Zustand so rasch keine neue Anstellung mehr finden würde.

Wahrscheinlicher war, dass er gar keinen Job mehr fand.

Und noch etwas war ihm klar: Karin würde ihm an die Gurgel gehen, würde er seinen Unterhalt für die Kinder nicht mehr zahlen.

Du bist unmöglich!

Doch daran mochte er für den Moment nicht mehr denken.

Jetzt wollte er sich nur noch zügig um den Auftrag kümmern, den Pelzer ihm aufgehalst hatte.

Grimmig bog er in die Lachmannstraße.

In der Dunkelheit vom Hohenstaufenplatz, der zu seiner Linken vorbeiglitt, zuckten vereinzelt kleine Flammen.

Junkies, die sich ihren nächsten Schuss aufkochten und sich dabei nicht einmal mehr um die Polizisten scherten, die ein Stück die Straße hoch den Bürgersteig vor einem sanierten Altbau abgeriegelt hatten.

Auch hier standen Schaulustige vor der Absperrung.

Aus den Fenstern der umliegenden Häuser spähten neugierig die Nachbarn.

Sackowitz parkte in zweiter Reihe, stieg aber nicht aus. Stattdessen beobachtete er das Geschehen.

Angeblich Milieurivalitäten.

Hinter dem Flatterband glaubte er eine kleine Blutlache im Lichtschein einer Straßenlaterne glänzen zu sehen, aber sie war kaum der Rede wert. Nicht einmal die Spurensicherung schien deshalb angefordert worden zu sein.

Etwas weiter saß in einem Krankenwagen ein junger Mann, dem die Sanitäter die Hand behandelten. Er lächelte dabei.

Sackowitz dagegen ärgerte sich noch mehr.

Denn nach Clan-Kriminalität schaute das alles gewiss nicht aus.

Dann jedoch bemerkte er zwischen den Schutzpolizeibeamten zwei bekannte Gesichter – Kommissar Kalkbrenner und dessen Kollegin Muth, beide ebenfalls vom Morddezernat.

Und was *haben* Sie *dann alle hier zu suchen?*

Vielleicht bot der Abstecher hierher doch noch eine halbwegs passable Schlagzeile.

Rasch trat Sackowitz ins Freie. *»Herr Kalkbrenner!«* Er eilte auf das Flatterband zu. *»Frau Muth!«*

Die Kommissare waren bereits auf dem Weg zu ihrem Wagen.

Sackowitz beschleunigte seine Schritte. *»Herr … Herr Kalkbrenner!«* Er spürte, wie sein Puls sich beschleunigte. *»Frau Muth!«*

Die beiden ignorierten ihn, stiegen ein und fuhren davon.

Keuchend blieb Sackowitz stehen, beäugte die Schaulustigen.

Ein älteres Ehepaar fiel ihm auf.

Sie wirkte streng, ihre Augen schmal, ihre Lippen verbissen. Ihm hingen die Schultern herab.

Sackowitz trat auf die beiden zu. »Was ist denn hier passiert?«

»Sind Sie Polizei?«, fuhr die Frau ihn an, während ihr

Gatte ihn nur müde musterte. »Wir haben doch schon alles gesagt, was wir gesehen haben.«

Sackowitz kramte nach seiner Brieftasche, die so alt war, dass sie fast auseinanderfiel. Sein Presseausweis rutschte heraus und flatterte zu Boden.

Ächzend bückte er sich danach. *»Berliner Kurier,* was haben Sie —«

»Ha!«, fiel die Frau ihm ins Wort. »Jetzt plötzlich kommen Sie also angeschissen!«

»Wie bitte?«

»Ist doch so, oder wie siehst du das, Rudi?« Die Frau blickte ihren Gatten an. Noch ehe er etwas erwidern konnte, fügte sie hinzu: »Mal wieder typisch, oder?«

Ihr Mann beließ es bei einem Kopfnicken.

Sackowitz räusperte sich. »Ich bin mir nicht —«

»Seit Jahr und Tag wollen wir, dass Sie da mal darüber berichten, oder, Rudi?« Wieder ließ die Frau ihren Gatten nicht zu Wort kommen. »Aber das interessiert ja keine Sau. Aber kaum ist etwas passiert, da sind Sie hier!«

»Worüber hätte ich denn —«

»Ha«, lachte die Frau auf. *»Das* da!« Sie wies in die Finsternis am Hohenstaufenplatz. Noch immer brannten dort die kleinen Feuer. »Eine Schande ist das, oder, Rudi? Man kann ja nicht einmal mehr seine Enkel alleine auf die Straße lassen.«

»Das tut mir leid«, sagte Sackowitz, »aber was genau ist

hier passiert?« Er zeigte zum Krankenwagen, in dem sich die Sanitäter nach wie vor um den jungen Mann sorgten.

»Ach«, die Frau schnaubte verächtlich, »das musste ja mal mit ihm passieren.«

»Was genau?«

»Na, dass den mal jemand absticht, oder, Rudi? Sag du doch auch mal was!«

Ihr Gatte nickte.

Unterdessen blickte Sackowitz zum Krankenwagen, dem der junge Mann mit bandagierter Hand entstieg.

Schutzpolizeibeamte führten ihn zu einem Streifen-wagen.

»Wie abgestochen schaut er mir aber nicht aus«, konstatierte Sackowitz.

»Ist wohl gerade noch gutgegangen«, erklärte die Frau. »Wir kamen gerade aus dem Haus«, sie deutete zum Eingang des abgesperrten Altbaus, »da ist es passiert.«

»Sie haben den Angreifer gesehen?«

»Er ist abgehauen, als er uns bemerkt hat.«

»Haben Sie ihn erkannt?«

»Es war dunkel, alles ging ganz schnell – und dann war er schon weg. Nicht auszudenken, er hätte uns ebenfalls angegriffen, nicht wahr, Rudi?«

»Aber Sie kennen das Opfer?«

»Kennen ist ja wohl übertrieben, aber er wohnt bei uns Haus. Da kriegt man schon mal mit, was er so treibt.«

»Und das wäre?«

»Ha!«, machte die Frau. »Sie wissen schon, Drogen und so, all das widerwärtige Zeugs. Von irgendwo muss so was ja kommen, oder, Rudi?«

Sackowitz folgte ihrem Fingerzeig zum Hohenstaufenplatz. »Wie ist denn sein Name?«

»Buczak!«, presste die Frau hervor, und sie klang, als kostete es sie einige Überwindungen, den Namen auszusprechen. »Eine Schande ist das. Es war mal so eine schöne Gegend hier, die –«

Sackowitz' Handy begann zu klingeln.

Er nickte dem Ehepaar dankend zu und wendete sich ab.

»Ja und?«, rief ihm die Frau nach.

Fragend sah er sie an.

»Schreiben Sie jetzt darüber, oder nicht?«

Während sein Telefon unverwandt läutete, blickte Sackowitz dem Streifenwagen nach, mit dem dieser Buczak weggefahren wurde.

Kurz ließ er sich das Erfahrene durch den Kopf gehen.

»Mal schauen«, sagte er, ehe er den Anruf entgegennahm. »Ja, Karin?«

»Verflucht, Hardy, wo bleibst du denn?«

NEUN

Jamina verließ das *Bernhard's* und entledigte sich ihres Schutzanzugs. Von der Friedrichstraße drang unverändert der Verkehrslärm her. Die Menschenmenge vor der Absperrung schien in der Zwischenzeit noch größer geworden zu sein. Mehrere Fernsehsender hatten außerdem ihre Kamerateams hergeschickt.

»In einem Punkt hat Leon aber recht«, sagte Oswald, während auch er sich von seinem Anzug befreite.

Jamina glaubte zu wissen, worauf er anspielte. »Du meinst, das mit der Botschaft.«

»Herrgott, ja, das ist wirklich abscheulich – menschliche Finger, drapiert auf einem Salatteller, ausgerechnet in einem Restaurant. Deutlicher kann eine Botschaft doch wohl nicht sein.«

Jamina pflichtete ihm kopfnickend bei. »Und? Hast du noch immer Hunger?«

»Der ist mir vergangen.« Angewidert verzog Oswald sein Gesicht. »Nicht auszudenken, wenn die Finger niemand bemerkt hätte und der Teller den Gästen serviert worden wäre.« Sein Blick ging zu den zwei Dutzend Frauen und Männern, die in ihren vornehmen Garderoben zunehmend frustrierter herumstanden. »Womöglich sogar einer Familie mit Kindern.«

»Anscheinend war dies dem Täter oder der Täterin egal.«

»Du denkst, es könnte auch eine Frau gewesen sein?«

»Wieso nicht?«

Oswald dachte kurz darüber nach, dann zuckte er mit den Schultern. »Die Frage, die ich mir vielmehr stelle: Was es mit dieser Botschaft eigentlich auf sich hat. Was genau soll damit mitgeteilt werden?«

»Und vor allem – *wem*?« Jamina blickte zu den Angestellten.

Noch immer standen diese tuschelnd beisammen.

Immer wieder wanderten ihre Augen verächtlich zu Gustavo Alberti.

Der hielt sich abseits von ihnen und presste sich gerade mit verzweifelter Miene sein Handy ans Ohr. »Meine Güte, ich weiß das … das ist mehr als …« Obwohl sein Gesprächspartner es nicht sehen konnte, fuchtelte er aufgeregt mit der freien Hand. »Nein, das kann nicht sein.« Seine Stimme wurde lauter. *»Nein, wirklich nicht!«*

Jamina trat auf ihn zu, gefolgt von Oswald, der sich räusperte.

»Wenn ich's doch sage!« Alberti hob die Hand, um sie um etwas Geduld zu bitten. »Herrje, das habe ich … Ja doch, das kann ich machen, aber erst später, jetzt … jetzt muss ich … Ja, ich bin bei ihm, also, im Restaurant. Nein, ich weiß nicht, wo er ist, er ist … Ja, natürlich, das mache ich.«

Endlich legte er auf. »Entschuldigen Sie, das war ... war wieder die Arbeit.«

»Klingt nach Stress«, stellte Oswald fest.

»Grundgütiger, ja.«

»Darf ich fragen, was Sie machen?«

»Nun ...«, druckste Alberti, der ganz offensichtlich nicht darüber reden wollte.

Doch Oswald sah ihn abwartend an.

»Herrje«, ächzte Alberti, »ich ... ich arbeite im Rathaus.«

»Im Rathaus?« Überrascht zog Oswald die Augenbrauen hoch. »Welches genau?«

Wieder rang Alberti mit sich. »Im Roten Rathaus.«

»Und was machen Sie dort?«

»Die Pressearbeit.«

»Für den Bürgermeister?«

»Seinen Stellvertreter.«

»Sie reden von Anton Michels«, sagte Oswald.

»Der Senator für Finanzen«, fügte Jamina hinzu.

Mit einem resignierten Seufzer ließ Alberti seine Schultern herabsacken. »Das alles ist gerade nicht sehr einfach, wie Sie sich sicherlich vorstellen können. Und jetzt noch das mit Bernhard und ...« Seine Stimme brach. Er musste tief Atem holen. »Wissen Sie inzwischen, wem die Finger gehören?« Er wartete eine Antwort nicht ab. »Sie gehören Bernhard, so ist es doch, oder?«

»Daran besteht jetzt kein Zweifel mehr«, bestätigte Oswald.

»*Meine Güte*«, heulte Alberti auf.

»Tut mir leid.«

»*Ich hab's gewusst!*«

»Herr Alberti, wir —«

»*Bernhard ist in Gefahr!*« Alberti schnappte nach Luft. »*In großer Gefahr!*«

»Wir müssen —«

»*Sie müssen ihn suchen!*«

»Wir haben —«

»*Worauf warten Sie denn noch?*«, japste Alberti.

Oswald überging seine verzweifelte Frage. »Gab es in Ihrem Umfeld in jüngster Zeit ungewöhnliche Vorfälle?«

»*Herrje, ihm wurden die Finger abgetrennt! Was denn noch?*«

»Wurden Sie bedroht?«

»*Was spielt das denn für eine Rolle?*«

»Erpresst?«

»*Nein!*«

»Die Sache mit Anton Michels …«

»*Grundgütiger*«, blaffte Alberti, »*das hat doch nichts mit mir zu tun!*«

»*Sie* arbeiten für den Finanzsenator«, hielt Jamina dagegen.

»*Aber nicht mir wird Korruption vorgeworfen!*«

»Nicht jeder macht da einen Unterschied.«

»Aber was hat das mit Bernhard zu tun?«, maulte Alberti.

»Hören Sie«, versuchte Jamina ihn zu beruhigen, »wenn wir herausfinden wollen, wo Herr Eckstein jetzt ist und wer ihm das angetan hat, dann müssen wir jedem möglichen Verdacht nachgehen.«

Alberti wollte zu einer weiteren Tirade ansetzen, hielt jedoch inne. Seine Schultern sanken noch tiefer. Resigniert schüttelte er den Kopf. »Da war nichts, da ist nichts, nichts, was … was mit dieser Sache zu tun hat.«

Ein weiterer, spöttischer Laut aus der Gruppe der Angestellten ließ ihn zusammenzucken.

Die anderen kicherten.

Jamina bemerkte den Groll in Albertis Augen, den er mühsam, aber vergeblich zu unterdrücken versuchte.

Auch Oswald schien es nicht zu entgehen. »Was ist mit Herrn Eckstein?«, fragte er. »Wurde *er* bedroht?«

»Nicht mehr als sonst.«

»Das heißt?«

»Herrje, Bernhard ist erfolgreich, hat eine tolle Sendung, ein beliebtes Restaurant – so was zieht doch immer irgendwelche Neider an.«

»Inwiefern?«

»Nur das Übliche, Sie wissen schon.«

»Nein.«

»Meine Güte, wir sind schwul. Das ruft so manche, homophobe Arschlöcher auf den Plan, die …« Alberti brach ab, jetzt ein bitterer Ausdruck auf seinem Gesicht. »Glauben Sie, das war einer von denen?«

Wieder ließ Oswald die Frage unbeantwortet. »Wie ist sein Verhältnis zu seinen Angestellten?«, fragte er stattdessen.

»Das ist okay.«

»Es hätte also besser sein können.«

»Nun«, Alberti stöhnte verzagt, »es ist schwierig, Bernhard ist halt eigen.«

»Was genau bedeutet das?«

»Herrje, so mancher ist mit seiner forschen, fordernden Art *über*fordert.«

»Geht das bitte konkreter?«

Ein weiteres, angestrengtes Stöhnen. »Ja, was glauben Sie, wieso Bernhard es denn soweit gebracht hat? Es geht ihm immer nur darum, das Bestmögliche aus einer Sache herauszuholen, aus seiner Fernsehsendung, seinem Restaurant ...

»... oder aus seinem Porsche«, fügte Jamina hinzu.

»Jamina!«, zischte Oswald.

Verwirrt blickte Alberti sie an. »Wie meinen Sie das?«

»Vergessen Sie's«, sagte Oswald.

»Nein«, empört schüttelte Alberti den Kopf, »erklären Sie's mir bitte!«

Aber da war Jamina bereits auf dem Weg zu den Angestellten.

ZEHN

Sackowitz parkte vor dem Einfamilienhäuschen, stieg aber nicht aus.

Stattdessen ließ er seinen Blick zur Auenkirche gegenüber gleiten, die sich, von Scheinwerfern in helles Licht getaucht, in den Abendhimmel erhob.

Das neugotische Gotteshaus war der Mittelpunkt des Stadtkerns von Wilmersdorf.

Hierher war er mit Karin nach der Hochzeit gezogen, hier hatte er seine Kinder aufwachsen sehen – und jetzt lebten sie schon seit Jahren ohne ihn hier.

Eigentlich hatte er sich damit abgefunden.

Doch in letzter Zeit verspürte er, wann immer er herkam, um seine Kinder fürs Wochenende abzuholen, einen überraschenden Anflug von Wehmut.

Er konnte nicht einmal sagen, warum.

Oder vielleicht doch?

Wie auch immer, jedes Mal verschwand das Gefühl, sobald Karin die Tür aufriss. »*So, so, ich bin also gleich da!*«

»Himmel, Karin, ich …«

»*Das war vor über einer Stunde!*«

»… ich weiß wirklich nicht, was du hast. Ich bin doch jetzt da.«

»*Und ich komme zu spät!*«

Er musterte sie, wie sie so zornig vor ihm stand – ein ungewohnter Anblick. Klar, nicht ihre vor Zorn errötete Miene, aber ihr eleganter Blazer, ihr eng geschnittener Rock und die hohen Absätze.

Kein Mensch ging *so* zu einer Fortbildung.

Er verspürte einen Stich, einen kurzen Hauch von Eifersucht.

Der ebenso schnell verflog.

»Wieso kannst du nicht einmal pünktlich sein?«, bellte sie.

»Warum kannst du nicht einmal aufhören zu meckern?«

»Weil du mir immer einen Grund dafür gibst!«

Sackowitz wollte etwas erwidern, ließ es aber bleiben.

Es war immer das Gleiche, nichts würde sich ändern, es war eine endlose Abfolge von Vorwürfen.

Einst hatte sie gehofft, dass er sein Leben für sie ändern würde.

Doch erstens war er nun mal Reporter, hatte nie etwas anderes gemacht, geschweige denn gewollt – *eine gute Schlagzeile war wie ein Orgasmus,* pflegte sein einstiger, inzwischen leider verstorbener Mentor zu sagen.

Zweitens brachte der Job die Unregelmäßigkeit nun mal mit sich. Keiner konnte vorhersagen, wann wo etwas Schlagzeilenträchtiges geschah.

Drittens machten ihm die Marktveränderungen, noch mehr aber sein neuer Chef, mächtig zu schaffen.

Dann sind Sie ja überflüssig.

Aber das hatte Karin nie verstanden, und irgendwann hatte sie es nicht mehr ausgehalten, die Koffer gepackt und ihn verlassen – mit den Kindern. Sein Sohn Till war heute siebzehn und ritt erfolgreich Dressurturniere. Er war Sackowitz' ganzer Stolz, auch wenn sie sich immer seltener sahen.

Leonie war fast dreizehn, der Nachkömmling, sein Ein und Alles.

Die Tür oben knarrte, und sie erschien auf der Treppe, ihren Rucksack geschultert.

Sie musterte ihn mit einer Mischung aus Trotz und Enttäuschung.

Er versuchte es mit einem Lächeln. »Hallo, mein Küken!«

»Nenn mich nicht so!«

»Aber du wirst immer mein Küken bleiben.«

»Ich mag das aber nicht!«

»Ist ja schon gut, ich –«

»Sie hat doch gesagt, sie mag das nicht!«, maulte Karin.

Er biss sich auf die Zunge, und einmal mehr wurde ihm klar: Selbst *wenn* sie heute ein Date hatte – Himmel, das war ihm so was von schnuppe.

Wer immer der Unglückliche war, *er* würde sich noch wundern.

Sackowitz spürte den Blick seiner Tochter.

»Hast du mich wirklich wieder vergessen?«, fragte sie.

Mit ihren dreizehn Jahren war sie im Grunde noch ein Kind, spielte am liebsten mit Playmobilfiguren, ihrem Playmobil-Pferdehof oder mit *Hardy*, ihrem Papa-Pferd, in dessen Rolle er für gewöhnlich schlüpfte, wenn sie ihn besuchte.

Doch als er sie jetzt ansah, erkannte er nur wenig Kindliches.

Das Mahlen ihrer Kiefer auf einem Kaugummi glich einem grimmigen Zähnefletschen.

Hast du mich wirklich wieder vergessen?

Ihre Frage traf ihn fast mehr als Karins ständige Vorwürfe.

Wirklich wieder?

»Nein«, sagte er. »Habe ich natürlich nicht.«

»Schon klar.«

»Wirklich, ich —«

»Scheiße«, zischte Leonie, »ist auch egal.«

»Bitte, Küken …«

»Scheiße, Papa!«

»… rede bitte nicht so!«

Wütend schulterte sie ihren Rucksack und stapfte an ihm vorbei. »Können wir?«

Er zwang sich zu einem Lächeln. »Wann immer du willst.«

Draußen drehte sie sich noch einmal zu ihm um. »Und was hast du vor?«

»Wir könnten was spielen …«

»Nee!«

»Lieber einen Film gucken?«

»Okay.« Sie ließ ihren Kaugummi platzen. »Gehen wir vorher noch was essen?«

»Dein Wunsch ist mir Befehl.«

»Mensch, Papa«, sie verdrehte die Augen, »kein Mensch redet heute noch so.«

Sein Lächeln gefror.

Karin, die in der Haustür stand, grinste.

Er wollte noch etwas sagen, doch da hatte sie ihm die Tür schon vor der Nase zugeschlagen.

ELF

Jamina betrachtete die kleine Gruppe aus Frauen und Männern in weißen Schürzen und schwarzen Westen.

Einige wichen ihrem Blick aus, als könnten sie der Situation entkommen, wenn sie nur lange genug auf den Boden starrten. Andere blickten trotzig zurück.

Es war Oswald, der das Schweigen brach. »Wie Sie sich sicher denken können, haben wir einige Fragen.«

Keiner von den Angestellten reagierte.

»Sie hatten heute Abend Dienst im Restaurant, richtig?«

Alle schwiegen, als hätten sie sich kurz vorher miteinander verschworen.

»Wer von Ihnen war es, dem Herrn Eckstein gesagt hat, er würde das Restaurant verlassen und ins Parkhaus gehen?«

Noch immer nichts.

»Herrgott«, brummte Oswald, »wir können das natürlich auch anders angehen und laden Sie allesamt zur Vernehmung aufs Dezernat. Das wird die ganze Nacht dauern und … Ja bitte?«

Zögerlich hatte ein älterer Koch die Hand gehoben. Zwischen Soßenspritzern auf seinem Hemd hing auf Brusthöhe ein kleines Namensschild: *Miroslav.* »*Mir* hat er das gesagt.«

»*Sie* sind der Küchenchef?«, fragte Oswald.

»Der Chefkoch.«

»Ich dachte, das wäre Herr Eckstein.«

»Er ist der Chef.«

»Verstehe«, Oswalds Blick ging in die Runde. »Und wer von Ihnen hat Herrn Eckstein das Gebäude verlassen sehen?«

»Ein paar von uns«, erwiderte der Chefkoch.

Einige der Angestellten deuteten ein Kopfnicken an.

Oswald wandte sich wieder dem Chefkoch zu. »Aber nur *Ihnen* hat er gesagt, was er vorhat?«

»Ja, glaube schon.«

»Warum nur *Ihnen*?«

»Woher soll ich das wissen?«

»Weil *Sie* der Chefkoch sind?«, mutmaßte Oswald.

Der Chefkoch zuckte mit Achseln. »Kann sein.«

»Und was genau *hat* er Ihnen gesagt?«

»Er wollte zu seinem Wagen.«

»Mehr nicht?«, hakte Oswald nach.

Der Chefkoch schüttelte den Kopf. »Nein.«

»Auch nicht, *warum* er zum Wagen wollte?«

»Das hat er nicht gesagt.«

»Und Ihnen auch nicht?« Wieder blickte Oswald die anderen Angestellten an.

»Ihnen hat er es auch nicht gesagt«, meinte der Chefkoch.

»Können die anderen auch für sich selbst reden?«, fragte Jamina.

»Klar«, knurrte der Chefkoch.

»Dann bitte«, forderte Jamina die anderen auf.

Diese schüttelten die Köpfe.

»Sehr redselig sind Sie ja nicht«, konstatierte Jamina.

Auch Oswald brummte missbilligend. »Wie hat Herr Eckstein denn auf Sie gewirkt, als er das Restaurant verließ?«

»Er war normal«, so der Chefkoch. »Wie immer halt.«

Die anderen nickten.

»Wie war er denn – *wie immer*?«, bohrte Oswald nach.

»Einfach …«, der Chefkoch hob die Schultern, »einfach Eckstein.«

Wieder ein vielfaches Kopfnicken.

»Mein Gott«, stieß Oswald hervor, »und was genau heißt das?«

»Er war nicht einfach«, erwiderte der Chefkoch.

»Ja, das wissen wir inzwischen.«

»Er hatte halt seine Macken«, warf einer der Kellner ein, ein kräftiger Mann mit schweißnassem Haar.

»Geht das bitte auch konkreter?«

Der Kellner rieb sich den Nacken. »Ach, Sie wissen schon.«

»Gottverdammt«, platzte es aus Oswald heraus, »wieso glaubt eigentlich jeder, dass wir alles wissen sollten?«

Betreten sah der Kellner zum Chefkoch, als suchte er dessen Unterstützung.

Der deutete nur ein neuerliches Achselzucken an. »Lange Arbeitszeiten.«

»Zu lang«, fügte der Kellner hinzu.

»Viel zu lang«, murmelte eine Kellnerin.

Ein anderer, junger Koch gähnte demonstrativ. »Wir haben uns kaputt geschuftet.«

Der Kellner nickte. »Spätschichten, Überstunden, es nahm einfach kein Ende und —«

»Meine Güte«, rief Alberti, der sich ihnen unbemerkt genähert hatte. *»Das ist doch ganz normal, wenn man in der Gastro tätig ist.«*

»Normal?« Empört schüttelte der Kellner den Kopf. »In anderen Restaurants ist es erträglicher.«

»Ach hör doch auf, du —«

»Herr Alberti«, fiel ihm Oswald ins Wort, »überlassen Sie das Gespräch bitte uns.«

Beleidigt schlug Alberti seine Arme über Kreuz.

Derweil ließ Oswald seinen Blick über die Gruppe wandern. »Was heißt – *nicht erträglich?*«

Abermals breitete sich ein unangenehmes Schweigen aus.

Bis sich der Chefkoch räusperte. »Eckstein war ein Schinder.« Seine Stimme war leise, doch die Wut in seiner Stimme war nicht zu überhören.

Der Kellner hob den Kopf. »Er hat uns gehetzt und getrieben.«

»Und wenn etwas nicht schnell genug lief«, meinte die Kellnerin, »dann … dann wurde er richtig laut. Oder schlimmer.«

»Ihr habt es doch nur provoziert!«, meinte Alberti.

»Provoziert?«, zürnte der junge Koch. »Ich hatte nur die Zutaten verwechselt.«

»Da siehst du's!«

»Danach hat er mich angeschrien, und zwar den ganzen Abend.«

»Jetzt übertreibst du —«

»Herr Alberti!«, ging Oswald dazwischen. »Bitte!«

Die Kellnerin schluckte schwer. Ich habe einmal die falsche Flasche Wein gebracht. Da hat er mir den Wein ins Gesicht geschüttet.«

»Und mir hat er das Tablett aus der Hand geschlagen«, fügte eine zweite, ungleich ältere Kellnerin hinzu, »die Gläser sind auf den Boden gefallen. Ich musste danach alles auf den Knien aufwischen, während er auf mich eingeredet hat. Vor allen Gästen.«

Alberti lachte auf. *»Das ist doch —«*

»Das alles ist noch harmlos!« unterbrach ihn der Chefkoch. »Und das weißt du!«

»Du weißt, dass er —«

»Herrgott, Herr Alberti!«, blaffte Oswald.

Alberti setzte zu einer Erwiderung an, aber in dieser Sekunde klingelte sein Handy.

Außerdem schien das Eis endgültig gebrochen.

Plötzlich brach der Frust aus den Angestellten heraus.

»Er hat mich mal in die Kühlkammer gesperrt«, meldete sich ein weiterer Kellner, »nur weil ich zu langsam war.«

Währenddessen zog Alberti hastig sein läutendes Telefon hervor.

»Und ich«, sagte der junge Koch mit belegter Stimme, »ich habe einmal das Steak zu lange braten lassen. Da hat er mir eine Ohrfeige verpasst.«

»Darauf scheint er zu stehen«, murmelte Jamina.

Oswald sah sie tadelnd an, ehe er sich Alberti zuwandte.

Der begegnete Oswalds Blick und schüttelte verzagt den Kopf. *Nein,* schien er sagen zu wollen, *das ist nicht Bernhard.* Dann drückte er den Anruf weg.

»Und mir«, fuhr unterdessen eine Kellnerin fort, »mir hat er gedroht, mich mit einem Küchenmesser zu schneiden, wenn ich noch einmal eine Bestellung verpatze.«

»Hat er die Drohung wahrgemacht?«, fragte Jamina.

»Nein«, die Kellnerin schnappte nach Luft, »aber nur, weil ich von dem Tag an höllisch aufgepasst habe, dass mir nicht noch einmal ein Fehler unterläuft.«

»Was glauben Sie?«, hakte Jamina nach. »Hätte er die Drohung wahrgemacht?«

»Das hätte er sich wagen sollen«, knurrte der Chefkoch.

»Andernfalls was?« Oswald fixierte ihn mit strengem Blick. »Hätten *Sie* ihm dann die Finger abgeschnitten?«

»Er war ein Arschloch«, erwiderte der Chefkoch.

»Meine Güte, ja«, ließ sich Alberti vernehmen, *»er war nicht immer einfach, aber ...«*

»Er war ein *großes* Arschloch!«

»... jetzt macht doch alle mal halblang.«

»Ein Riesenarschloch, das außerdem allen ständig an die Wäsche wollte.«

»Das ist doch Blödsinn!«

Fast schien es, als wollte der Chefkoch lachen. »Tu doch nicht so, als hättest du das nicht gewusst!«

»Ausgemachter Blödsinn!«

»Du hast ihn doch selbst erlebt, letzten Herbst, da hast du ihn erwischt!«

»Du bist doch nur eifersüchtig, weil er dich ...«

»Ha!«

»... nicht herangelassen hat!«

»Selbst mit der Kneifzange hätte ich ihn nie angefasst«, stieß der Chefkoch angewidert hervor.

Fassungslos schüttelte Alberti den Kopf.

»Frag doch mal Kenny«, fügte der Chefkoch hinzu.

Alberti gefror in der Bewegung. »Wen?«

»Kenny!«

»Kenny wer?«

»Kenny Kenners.«

»Wer soll das sein?«

»Schon klar«, diesmal lachte der Chefkoch tatsächlich spöttisch auf, »dass er dir nichts von ihm erzählt hat.«

»Wer ist dieser Kenny?«, wollte Oswald wissen.

»Eine Aushilfskraft«, erklärte der Chefkoch, »erst seit ein paar Wochen da.«

»Er heißt tatsächlich Kenny Kenners?«

»Nein, eigentlich heißt er Konrad, aber er wollte Kenny genannt werden.«

»Und was ist mit ihm?«, hakte Oswald nach.

»Nichts!«, zischte Alberti.

»Nichts?« Abermals stieß der Chefkoch ein höhnisches Lachen aus. »*Dein* Freund hat sich an ihn herangemacht. Kenny war sein Liebling.«

»War?«, horchte Jamina auf.

»Ja, denn gestern war schon wieder Schluss mit – *Liebling.*«

»Eckstein hat sich von ihm getrennt?«

»Wenn Sie so wollen. Denn es ist ja nicht so, als wären die beiden tatsächlich ein Paar gewesen.« Der Chefkoch blickte zu Alberti, als erwartete er irgendeine Reaktion von ihm – Freude, Erleichterung, was auch immer.

Dessen Gesicht aber glich einer frostigen Maske.

»Und wie hat dieser …« Oswald hielt inne, als er einen Schutzpolizeibeamten bemerkte, der sich ihnen zwischenzeitlich genähert hatte. Verwundert wandte er sich ihm zu. »Was ist denn?«

Unwillkürlich zog der Beamte den Kopf ein, fast so, als wäre er bei irgendetwas Unanständigem ertappt worden.

Jamina, die ihn auf Anhieb erkannte, funkelte ihn an.

Schätzchen.

»Ja, also«, druckste Polizeiobermeister Gesing und wich ihrem Blick aus, »ich … ich wollte nur fragen, ob ihr mich hier noch braucht.«

Oswald runzelte die Stirn. »Was soll die Frage?«

»Unter den Linden ist ein Unfall passiert und, nun«, Gesing deutete zur Friedrichstraße, wo sich der Verkehr nach wie vor staute, »die Kollegen kommen nicht durch.«

»Mein Gott, dann kümmere dich halt drum.«

Gesing zögerte, warf einen Blick auf die Angestellten, dann nickte er und eilte zur Straße davon.

Finster sah Jamina ihm nach.

Unterdessen drehte sich Oswald wieder zum Chefkoch um. »Wo waren wir stehen geblieben?«

»Bei Eckstein«, sagte Jamina, »und seiner Trennung von diesem Kenny.«

»Ach so, genau, wie hat dieser Kenny denn auf diese«, Oswald beschrieb Anführungszeichen, »*Trennung* reagiert?«

»Na, wie wohl?«, fragte der Chefkoch. »Er war natürlich mächtig angepisst.«

»Hat er gekündigt?«

»Nein.« Verdutzt sah der Chefkoch sich um. »Gerade eben war er noch da.«

»Und wo ist er jetzt?«

»Jetzt ist er weg.«

ZWÖLF

Während Sackowitz nach Kreuzberg fuhr, warf er immer wieder einen verstohlenen Blick zum Beifahrersitz.

Im Radio sang Nico Santos: *Another day, another night gone.*

Seit sie losgefahren waren, hat seine Tochter kein Wort mehr verloren.

Mit verschränkten Armen hockte sie da, ihren Blick nach draußen auf die vorbeiziehenden Lichter und Leute gerichtet.

Ihr Kiefer mahlte unaufhörlich auf dem Kaugummi.

Sie ließ keinen Zweifel, dass sie auf eine Unterhaltung nicht erpicht war.

Er wiederum wusste nicht, worüber er mit ihr reden sollte. »Pizza also«, war das Einzige, was ihm einfiel.

Ihre Antwort verschluckte das Platzen ihres Kaugummis.

»Und dann einen Film?«, versuchte er es noch einmal.

»Ja.«

»Hast du schon eine Idee?«

»Nee«, sagte sie und verfiel wieder in Schweigen.

But you'll always be my number one.

Er wollte ihr einen Filmvorschlag machen, durchforstete sein Gedächtnis nach aktuellen Filmen, aber er konnte sich nicht einmal daran erinnern, wann er das letzte Mal im Kino gewesen war.

Und auch sein Netflix-Abo hatte er schon vor einer ganzen Weile gekündigt, nachdem Pelzer in seinem Optimierungswahn mal wieder Lohnsenkungen durchgedrückt hatte.

Natürlich hatte es einen Aufschrei unter den Redakteuren gegeben, aber Pelzers Antwort war gewesen: *Alle treten kürzer oder einige müssen gehen.*

Sackowitz verdrängte die Erinnerung daran.

Tell me that you believe in us, ah-ah …

Wieder schaute er zu Leonie. Ihr Schweigen behagte ihm nicht. »Und?«, fragte er deshalb. »Wie läuft's in der Schule?«

»Ganz okay.«

»Nur okay?«

»Okay.«

»Gar nichts Interessantes?«

»Nee«, sie zuckte mit den Schultern, »nichts, was eine Schlagzeile wert wäre.« Ihr Vorwurf war nicht zu überhören.

I'm terrified that I'll be singin' all the words alone.

Mit einem Ruck beugte sie sich zum Radio vor. »Und was ist das überhaupt für ein Sender?«

»Radio Teddy.«

Sie stöhnte und fummelte am Regler herum.

»Das ist doch dein Lieblingssender.«

»Papa!«

»Etwa nicht?«

»Nee.« Sie fand einen Rocksender und drehte die Lautstärke auf.

No one knows what it's like, lärmte Limp Bizkit, *to be the bad man.*

Sackowitz kämpfte gegen das dringende Verlangen, das Radio auszuschalten.

Als er vor einer roten Ampel halten musste, machte er es wenigstens etwas leiser. »Und was ist mit deinem Reitunterricht? Macht er dir Spaß?«

»Ja.«

»Mama meinte, du willst vielleicht auch mal Turniere reiten, so wie dein Bruder.«

»Vielleicht.«

»Also ja?«

»Ja, vielleicht.«

Die Ampel sprang auf Grün und er gab Gas. »Aber das Reiten macht dir Spaß, oder?«

»Hab' ich doch gesagt.«

»Ich wollt's ja nur wissen.«

Leonie sah ihn kurz an und ließ ihren Blick dann wieder aus dem Fenster gleiten.

»Und welches Pferd reitest du jetzt?«

»Na, mein Pflegepferd«, sagte sie und klang dabei, als wäre es eine Selbstverständlichkeit.

Sackowitz dagegen trat vor Überraschung fast auf die Bremse. Er sah Leonie kurz an, bevor er sich wieder auf die Straße konzentrierte. »Du hast ein Pflegepferd?«

»Seit drei Monaten.«

»Warum hast du mir das nicht erzählt?«

»Warum hast du nicht gefragt?«, erwiderte Leonie.

Sackowitz war kurz davor, ihr zu erklären, dass er unmöglich in der Lage war, nach etwas zu fragen, was er nicht wissen, geschweige denn ahnen konnte.

Aber war das wirklich so?

Looking for help somehow, somewhere, klang inzwischen Linkin Park aus dem Radio, *no one cares.*

Himmel, er hätte sich denken können, dass Leonie irgendwann einmal ihrem Bruder nacheifern würde?

War er mit seinen Gedanken einfach wieder woanders gewesen?

Du hast Leonie vergessen!

Immerhin war es gut zu wissen, dass seine monatlichen Unterhaltszahlungen gut angelegt waren. »Wie heißt das Pferd?«

»Bizzard.«

»Bizzard?«

»Ja.«

»Ein … ein schöner Name.«

»Find' ich auch.«

»Und was ist es?«

»Ein Schimmel.«

»Ein weißer?«

Leonie zögerte. »Nee«, sie schüttelte den Kopf, »eher so grau.«

»Und wie ist er so?«

»Scheu.«

»Inwiefern?«

»Anfangs musste ich vorsichtig sein«, sagte Leonie, »wenn ich ihn füttern wollte.«

Sackowitz glaubte, Stolz aus ihrer Stimme zu vernehmen. »Aber jetzt nicht mehr?«

»Nee, jetzt kommt er immer gleich zu mir, wenn er mich sieht.«

»Bist du jeden Tag bei ihm?«

»Ja«, Leonie begann lebendiger zu klingen, »ich muss ihn ja füttern, striegeln und so.«

»Klingt nach einer Menge Arbeit.«

»Macht aber Spaß.« Das Scheinwerferlicht eines entgegenkommenden Pkws streifte Leonie, und Sackowitz sah sie lächeln. »Und er mag es.«

»Reitest du ihn auch schon?«

»Ich arbeite mit ihm an der Longe.« Sie lehnte sich etwas vor. »Weißt du, das ist so ein langer Strick, an dem er im Kreis läuft.«

»Klar«, beeilte sich Sackowitz zu sagen, »das kenne ich von Till. Klappt es gut?«

»Am Anfang war er total unruhig. Er hat sich oft erschreckt oder wollte nicht laufen. Aber jetzt klappt es.«

»Das freut mich.«

»Mich auch.« Leonies Strahlen war förmlich zu spüren. »Und ich bin auch ein wenig stolz, weil ich das Gefühl habe, er —«

Sackowitz' Handy, das in der Mittelkonsole lag, klingelte.

Das leuchtende Display zeigte die Büronummer von Judith, seiner Kollegin beim *Kurier.*

Doch weil er Leonies Blick spürte, widerstand er dem Impuls, den Anruf sofort entgegenzunehmen. Stattdessen wartete er, bis das Telefon verstummte. »Und was ist sein Lieblingsfutter?«

»Äpfel. Aber ich darf ihm nicht zu viele geben.«

»Sagt wer?«

»Die Reitlehrerin.«

»Aber wenn's ihm doch schmeckt?«

»Ja, aber Äpfel haben Zucker. Zu viel davon, und es gibt Verdauungsprobleme.«

»Verstehe.«

»Oder sogar Koliken«, fügte Leonie hinzu.

Sackowitz entging nicht der Ernst, der in ihren Worten lag, spürte zugleich aber auch die Begeisterung, die das

Thema – *mein Pflegepferd!* – in ihr entfachte.

Für einen Moment fühlte er sich ihr näher als die letzten Monate.

Bis das Signal einer eintreffenden WhatsApp ertönte.

That's how it has to be, sang Linkin Park, *I won't get mad.*

An der nächsten roten Ampel warf er einen raschen Blick auf die Nachricht. *Was ist mit Eckstein?,* wollte seine Kollegin Judith wissen. *Was ist mit den Clans? Wann kommen deine Texte? Pelzer drängelt!*

Hinter ihm erscholl ein Hupen.

Er warf sein Handy zurück in die Mittelkonsole. »Und«, er konzentrierte sich wieder auf seine Tochter, »bist du morgen auch bei ihm?«

»Hab' ich doch gesagt, jeden Tag.«

»Ach so, ja klar, aber – wie lange bist du bei ihm?«

»Zwei, drei Stunden.«

»Und immer nach der Schule?«

»Wieso nicht?«

»Bleibt da noch Zeit für Hausaufgaben?«

»Die mache ich danach«, Leonie zuckte mit den Schultern, »das passt schon.«

»Na dann.«

»Aber weißt du, was das Beste ist?«

»Was?«, fragte Sackowitz, der er sich dabei ertappte, wie seine Gedanken zu der WhatsApp abschweiften.

Was ist mit Eckstein? Was ist mit den Clans?

»Wenn ich ihn longiere.« Leonie streckte die Hände aus, als würde sie ein Seil halten. »Es fühlt sich wirklich an, als würde er mir zunehmend vertrauen.«

»Das … das klingt gut.«

»Und dann stelle ich mir tatsächlich vor, wie wir zusammen auf Turniere gehen.«

»Also doch?«

»Noch nicht jetzt, wir müssen noch viel üben, aber ich glaube, wir schaffen das.«

»Ganz sicher«, sagte Sackowitz, der erneut an die Nachricht dachte.

Wann kommen deine Texte? Pelzer drängelt!

Natürlich drängelte Pelzer, wie immer.

Dann sind Sie ja überflüssig.

Auf jeden Fall brauchte er vorher noch ein paar mehr Informationen, denn bisher hatte er –

»Hörst du mir überhaupt zu?«, riss Leonie ihn aus seinen Gedanken.

»Klar doch, natürlich«, antwortete er schnell.

Wenig überzeugt sah sie ihn an.

Sackowitz versuchte, sich an ihre letzten Worte zu erinnern. »Na klar, du meintest, dass, also … dass du jeden Mittag bei Blizzard bist und danach deine Hausaufgaben machst.«

»Nee«, murrte Leonie, »ich hab' dich gefragt, ob du ihn dir mal anschauen möchtest.«

»Selbstverständlich, was glaubst du denn?«

»Und außerdem heißt er nicht Blizzard!«

»Sagtest du nicht –«

»Scheiße, nein, er heißt Bizzard!«

»Ach so, ja, aber bitte, Leonie, rede nicht so.«

Mit einem trotzigen Knall ließ sie ihren Kaugummi platzen. Dann blickte sie zum Fenster raus. »Ich dachte, wir gehen was essen.«

»Klar, bei mir gegenüber ist doch das Steak-House.«

»Och nee, nicht Steak.«

»Warum nicht?«

»Ich ess’ kein Fleisch mehr.«

»Dann lieber die Pizzeria an der Ecke?«

»Okay.«

»Gut, dann gehen wir –« Sackowitz’ Handy meldete sich erneut. Rasch warf er einen Blick aufs Display. »Sorry, Küken …«

»Papa!«

»… aber da muss ich kurz rangehen.«

Leonie murmelte etwas, das klang wie ein angesäuertes: *Was sonst?*

Er aktivierte die Freisprecheinrichtung. »Hans?«

»Du wolltest doch wissen, was im *Bernhard’s* passiert ist«, meldete sich Polizeiobermeister Hans Gesing.

»Ich höre!«

»Hundert hatten wir gesagt.«

»Erst einmal will ich wissen, was –«

»Überweis es per PayPal.«

»Pass mal auf, du –«

»Dann eben nicht«, sagte Gesing.

»Ist ja gut«, beeilte sich Sackowitz zu sagen, »Himmel, ist ja gut.« Er fuhr rechts heran, nahm sein Handy, deaktivierte die Freisprecheinrichtung. »Warte.«

Rasch erledigte er die Überweisung. »Also?«

Es dauerte einige Sekunden, in denen Gesing den Geldeingang überprüfte. »Okay, der Eckstein ist nicht tot. Er ist verschwunden.«

»Das erklärt aber nicht den Aufwand, den ihr dort betreibt.«

»Man hat zwei Finger von ihm gefunden. Im Salat.«

»Wer hat das getan?«

»Angeblich ein gewisser Kenny.«

»Kenny?«

»Konrad Kenners, offenbar eine Affäre von Eckstein.«

»Eckstein lebt in einer Beziehung.«

»Anscheinend hat er öfter mal was nebenherlaufen, will ständig allen an die Wäsche. Als er sich gestern von Kenners getrennt hat, war der wohl ziemlich angepisst. Und jetzt ist er getürmt«

Sackowitz lächelte, während er in seinem Kopf bereits eine neue, noch bessere Schlagzeile formulierte.

Ekel-Fund im Promi-Restaurant!

Er spürte Leonies argwöhnischen Blick.

»Wo könnte ich diesen Kenny finden?«, hörte er sich fragen.

DREIZEHN

Als sich Jamina und ihr Kollege von den Angestellten entfernten, folgte ihnen Alberti nur zögerlich, als müsste er bei jedem Schritt gegen einen inneren Widerstand ankämpfen.

Auch seine Stimme klang gepresst. »Ich habe —«

»Sie wissen davon!«, fiel ihm Oswald scharf ins Wort.

»Wovon?«

»Den wiederholten Affären von Herrn Eckstein!«

»Nun …«

»Wie war das im letzten Herbst, als Sie ihn ertappt haben?«

Zerknirscht presste Alberti die Lippen aufeinander.

»Sie *wissen* davon«, konstatierte Oswald.

Die Schärfe in seiner Stimme schien Albertis Trotz zu provozieren. »Und wenn schon!«

Was Oswald nur noch mehr aufregte. *»Mein Gott, hören Sie, das —«*

»Meine Güte!«, ließ Alberti ihn nicht ausreden. »Manchmal gönnt Bernhard sich halt ein kleines Abenteuer.«

»Und das ist für Sie okay?«, fragte Jamina.

»Ich habe doch gesagt, er ist eigen.«

»Das ist nicht die Antwort auf meine Frage.«

Alberti ächzte. »Es ist okay.«

»Aber es *stört* sie«, bemerkte Jamina.

Albertis Schweigen war ihr Antwort genug.

»Und was ist mit diesem Kenny?«, hakte Oswald nach.

Stirnrunzelnd sah Alberti ihn an. »Was soll mit ihm sein?«

»Kennen Sie ihn?«

»Nein.«

»Ganz sicher?«

»Herrje, ja doch.«

»Im Restaurant sind Sie ihm nicht begegnet?«

»Falls ja, hat er sich mir nicht zu erkennen gegeben.«

»Und Herr Eckstein hat Ihnen Kenny auch nicht vorgestellt?«, bohrte Oswald weiter.

»Also …« Alberti zögerte, »das habe ich mir verbeten.«

»Was?«

»Dass er mir seine Affären auch noch vorstellt.«

»Sie wollen nicht wissen, mit wem er sich herumtreibt?«

»Herrje«, stöhnte Alberti, »er *treibt* sich ja nicht herum!«

»Sie wissen, was ich meine«, knurrte Oswald.

»Nein«, Alberti schüttelte den Kopf. »nein, es reicht mir, dass ich weiß, dass er … also, dass er …« Entnervt wedelte er mit der Hand, als wollte er nicht weiter darüber reden.

Jamina erwies ihm diesen Gefallen nicht. »Eine Trennung kommt für Sie aber nicht in Frage, oder?«

»Man muss Bernhard halt nehmen, wie er ist …«

»Keiner zwingt Sie dazu.«

»… er wollte immer viel, immer alles auf einmal.« Alberti zuckte mit den Schultern. »Und im Grunde ist es doch auch kein Weltuntergang.«

»Schon klar«, sagte Jamina, »für etwas Glanz in seinem Sonnenschein nehmen Sie gerne auch die Schattenseiten in Kauf.«

Pikiert starrte Alberti sie an.

»Hören Sie«, ergriff Oswald wieder das Wort, »im Grunde ist uns egal, was Sie und Herr Eckstein treiben …«

Alberti wollte protestieren.

»… aber«, fuhr Oswald fort, »wenn Sie wollen, dass wir Ihren Freund wohlbehalten zurückbringen, dürfen Sie uns nichts verheimlichen.«

»Grundgütiger«, japste Alberti entsetzt, »Sie glauben, sein Verschwinden hat mit … mit diesen …«

»Es wurden Menschen schon aus weitaus triftigeren Motiven ermordet.«

»Sie denken, er wurde –«

»Nein, das habe ich nicht behauptet«, betonte Oswald, »was ich damit sagen wollte: Möglicherweise haben Sie recht. Wahrscheinlich ist er Herr Eckstein in Gefahr. Deshalb brauchen wir jede erdenkliche, jede noch so unbedeutend erscheinende Information. Alles kann wichtig sein.«

Verzweifelt blickte Alberti ihn an. »Glauben Sie, ich würde Ihnen nicht sagen, wenn ich etwas wüsste?«

»Sie wissen also nicht über das Personal im *Bernhard's* Bescheid?«

»Herrje, nein, das war ganz alleine Bernhards Sache.«

»Sicher hat er Unterlagen über seine Angestellten.«

»Selbstverständlich.«

»Also auch über diesen Kenny.«

»Ganz sicher drinnen im Büro«, Alberti deutete zum Restaurant.

Oswald drückte ihm eine Visitenkarte in die Hand. »Wenn Ihnen noch etwas einfällt, melden Sie sich bei uns.«

Alberti starrte auf die Karte. Dann hob er den Blick. »Und was geschieht jetzt?«

»Wir werden eine Suchmeldung nach Herrn Eckstein herausgeben.«

»Das ist alles?«

»Natürlich werden auch —«

»Herrje, Sie müssen die Suche nach ihm einleiten!«

»Zur Stunde wissen wir nicht einmal, *wo* wir nach ihm suchen müssen.«

»Dann fragen Sie diesen Kenny!«, stieß Alberti hervor. *»Der ist ja wohl nicht ohne Grund einfach verschwunden.«*

»Zumindest hat er sich damit verdächtig gemacht«, pflichtete Oswald ihm bei und begab sich zu Buschmann und Pospiech, die zwischenzeitlich die Befragung der Gäste abgeschlossen hatten.

In ihren Gesichtern stand Frust.

»Nichts«, sagte Buschmann, »von den Gästen will niemand etwas mitbekommen haben.«

»Keiner hat Eckstein das Restaurant verlassen sehen?«, fragte Oswald.

»Doch, das schon, aber was immer dann auf dem Weg zur Parkgarage mit ihm geschehen ist ...« Buschmann zuckte mit den Schultern und bereute es sofort. Stöhnend hielt sie sich ihren schmerzenden Rücken.

»Was hat die Befragung der Angestellten erbracht?«, fragte Pospiech.

Oswald brummelte. »Ich will nicht behaupten, dass sie verdächtig sind ...«

»... aber jeder von ihnen hat einen triftigen Grund, Eckstein um ein paar Finger zu erleichtern«, beendete Jamina den Satz.

»Uschi«, wandte sich Oswald an Buschmann, »sorge bitte dafür, dass nicht nur von jedem der Angestellten die Aussage aufgenommen wird, jeder einzelne von ihnen soll auch überprüft werden. Wer von ihnen ist schon einmal auffällig geworden? Wer ist vorbestraft? Und du, Leon«, Oswald sah zu Pospiech, »du kümmerst dich derweil um die Krankenhäuser.«

»Die Krankenhäuser?«, echote Pospiech entgeistert.

»Finde dort heraus, ob heute Abend jemand mit einer Amputation aufgetaucht ist.«

»Du glaubst doch nicht wirklich, dass seine Entführer ihn im Krankenhaus haben behandeln lassen.«

»Zumindest sollten wir es ausschließen.«

»Ja, aber, dann hätte man Eckstein doch sofort dort erkannt.«

»Nicht jeder ist so ein großer Fan wie du, Leon.«

»Nein«, wehrte Pospiech kopfschüttelnd ab, »*ich* bin kein Fan von ihm, das ist meine Freundin, die —«

»Herrgott, ja«, schnappte Oswald, »wir haben es begriffen.« Er bedeutete Jamina, ihm noch einmal ins Restaurant zu folgen. »Mal schauen, was wir über diesen Kenny herausfinden können.«

VIERZEHN

Sackowitz schwieg auf ihrem Weg durch Kreuzberg.

Auch Leonie verlor kein Wort. Das Schmatzen ihres Kaugummis war das einzige Geräusch, das die Stille zwischen ihnen füllte.

Und die Band im Radio, die sang: *I heard that you reap what you sow.*

Bis er in die Sonnenallee bog.

»Sag mal«, Leonie richtete sich auf, »wohin fährst du?«

»Habe ich dir doch gesagt«, er versuchte seiner Stimme einen beiläufigen Klang zu geben, »wir gehen Pizza essen.«

»Aber hier wohnst du doch gar nicht.«

»Eine Pizzeria finden wir sicher auch woanders.«

»Och nee, Papa«, stöhnte Leonie, »was denn …«

»Ich muss nur kurz was überprüfen.«

»… jetzt schon wieder?«

Er lächelte schwach. »Keine Sorge, Küken –«

»Scheiße, Papa, wie oft denn noch?«

»Du sollst nicht so reden!«

»Scheiße, du sollst mich nicht so nennen!«

Sackowitz musterte sie mit einem strafenden Blick.

»Scheiße!«, stieß sie voller Trotz hervor.

Er widerstand einem weiteren Tadel, schaute stattdessen

wieder nach vorn auf die Straße. »Es ist nur ein kurzer Abstecher.«

»Schon klar.«

»Aber der ist wichtig, weißt du.«

»Nee.«

»Für einen Bericht, den ich schreiben muss.«

»Wie immer.«

»Und wenn ich das nicht mache, dann macht es jemand anders.«

»Und was ist daran so schlimm?«, fragte Leonie.

Sackowitz wollte es ihr erklären.

Dann sind Sie ja überflüssig.

Aber dann ließ er es bleiben, weil es schon schlimm genug war, dass er einen Teil ihrer Zeit, die sie gemeinsam hätten verbringen können, für seine Arbeit verplempern musste.

Da wollte er nicht auch noch all seine Probleme auf sie abladen.

»Nur ein kurzer Abstecher«, wiederholte er, während ihn das schlechte Gewissen plagte.

Aber hast du eine andere Wahl?

Nein, hatte er nicht, denn es war nicht gelogen gewesen – das hier *war* wichtig, es ging um seinen Bericht, aber eben auch noch umso viel mehr.

Ekel-Fund im Promi-Restaurant!

Wenn er nämlich dazu noch etwas mehr über den

möglichen, flüchtigen Täter würde herausfinden können, ein paar Gerüchte, handfeste Informationen, exklusive Fakten, was auch immer, dann würde einmal mehr beweisen, dass er nach wie vor *nicht* zum alten Eisen gehörte.

Un dass er keinesfalls überflüssig war.

Leonie stierte zum Fenster raus, wo sich Reisebüros, Waschsalons und Teestuben aneinanderreihten.

Dann zog das Estrel Hotel an ihnen vorbei.

Schräg gegenüber wuchs der Estrel Tower in den Nachthimmel, gegenwärtig noch eine gigantische Baustelle, aber schon bald das höchste Hochhaus in Berlin.

Schließlich erreichten sie die High-Deck-Siedlung, ein graues, massives Betonmonstrum auf hohen Stelzen, unter denen sich tagsüber der Verkehr hindurchwand.

Die Lichter, die hinter den Fenstern in den Wohnungen brannten, änderten nichts an der Hässlichkeit.

Skeptisch blickte Leonie nach draußen. »Und hier soll eine Pizzeria sein?«

»Schau mal«, Sackowitz bog in die Peter-Anders-Straße und deutete zu der kleinen Imbissbude an der Straßenecke, »da ist doch schon was.«

Leonie rümpfte hörbar die Nase. »Pommes? Echt jetzt?«

»Sicher finden wir hier auch noch was anderes«, sagte Sackowitz und fuhr weiter bis zur Nummer 11.

Das Gebäude war wie alle anderen von Schmierereien überzogen.

Er stieg aus. »Warte kurz im Wagen.«

»Wo gehst du hin?«

»Ich bin gleich wieder da.«

»Papa!«, rief Leonie ihm nach, doch da schritt er bereits auf den Eingang zu.

Die Klingelschilder waren teilweise kaputt, viele Namen unleserlich. Er klingelte bei *Kenners & Meyer*.

Niemand öffnete.

Also versuchte er es bei den Nachbarn.

Die Tür summte.

Im schäbigen Treppenhaus stapelten sich unter den demolierten Briefkästen zerknitterte Pappkisten. Ein verrostetes Fahrrad lehnte schief an der Wand, daneben ein volles Katzenklo, dem ein stechender Gestank entwich. In der zweiten Etage flackerten einige Lampen, andere waren komplett ausgefallen.

Eine Wohnungstür stand einen Spalt offen.

Misstrauisch spähte eine alte Frau hervor. »Haben …«, ein Hustenanfall ließ sie innehalten, »haben Sie geklingelt?«

Sackowitz zeigte auf die Wohnung gegenüber. »Kennen Sie Konrad Kenners?«

»Sie sind ein Freund von *ihm*?« Die Frau verzog abfällig ihr faltiges Gesicht.

»Nein«, beeilte sich Sackowitz zu sagen, »ganz und gar nicht.«

»Was wollen Sie dann?«

»Ich bin Reporter.« Als er seine Brieftasche hervorkramte, rutschte der Presseausweis heraus. Mit einem Ächzen hob er ihn vom Boden. »Sehen Sie?«

Argwöhnisch beäugte die Frau den Ausweis. »Und was wollen Sie von ihm?«

»Sie können ihn nicht sonderlich leiden, oder?«

»Also so was«, wieder musste die Frau husten, »so was ist doch eine Schande!«

»Was genau meinen Sie?«

»Na, wie er da lebt«, antwortete sie voller Abscheu, »mit einem Mann! Also früher hat's so was nicht gegeben!«

Sackowitz verzichtete auf eine Antwort. »Was können Sie mir sonst noch über Kenners sagen?«

»Nichts.«

»Ach kommen Sie, er ist Ihr Nachbar!«

»Und deshalb soll mich also interessieren, was er da treibt?« Eine neuerliche Hustenattacke erschütterte die alte Frau. »Aber ...«, sie schnappte nach Luft, »aber versuchen Sie's doch in der Imbissbude an der Ecke. Die gehört seinem Freund, diesem Meyer.«

Sackowitz bedankte sich und eilte wieder hinunter zum Wagen.

»Können wir jetzt endlich essen?«, maulte Leonie.

»Klar«, mit einem Grinsen startete Sackowitz den Motor, »ich hätte jetzt Hunger auf Pommes. Du auch?«

FÜNFZEHN

Um das Chaos auf der Friedrichstraße zu umgehen, fuhr Jamina einen Umweg – vorbei am Brandenburger Tor, durch die Dunkelheit des Tiergartens, bis zum Potsdamer Platz.

Das grelle Licht dort schmerzte in ihren müden Augen.

Der Tag war so hart, erklang ein Rocksong aus dem Radio, *und die Leute so schlimm.*

Auf dem Beifahrersitz hockte Oswald, in den Händen eine Personalakte, in die er sich vertieft hatte.

Das Papier raschelte, als er eine Seite umblätterte.

Um diese gottverdammte Zeit hat noch keiner was zustande gebracht.

Am Halleschen Tor sprang die Ampel auf Rot.

Jamina bremste, einen Tick zu scharf.

Oswald wurde in den Gurt gepresst und die Akte flog in den Fußraum.

»Gottverdammt!« Er bückte sich danach.

Unterdessen griff Jamina nach ihrem Handy und tippte die Wahlwiederholung.

Erneut meldete sich nur Liz' Mailbox. *Hallo du, ich kann gerade nicht, aber später vielleicht. Bis denne.*

Prompt kehrte Jaminas Groll zurück. »Liz«, sagte sie, »was soll das? Warum meldest du dich nicht?« Sie wollte noch etwas hinzufügen, aber auch diesmal fiel ihr nichts ein. »Melde dich«, wiederholte sie und versuchte dabei, nicht allzu wütend zu klingen.

Sie trennte die Verbindung, legte das Telefon in die Mittelkonsole, ließ es aber nicht los, als erwartete sie, dass jetzt endlich jeden Augenblick der ersehnte Rückruf ihrer Tochter erfolgte.

»Immer noch nichts von ihr?«, fragte Oswald.

Die Ampel sprang auf Grün.

Jamina gab Gas, bemüht, ihrer Wut nicht freien Lauf zu lassen.

»Ich bin mir sicher, du machst dir völlig umsonst Sorgen«, sagte Oswald. »Bestimmt hatte die Bahn Verspätung, wie immer, das weißt du doch.«

Schweigend folgte Jamina der Gitschiner Straße stadtauswärts.

Links von ihnen glitt der Landwehrkanal wie ein düsteres Band an ihnen vorüber.

»Deshalb hatte sie es eilig, keinen Kopf für ein Telefonat«, fügte Oswald hinzu, »und jetzt ist sie auf dem Konzert und vergnügt sich prächtig.«

Angestrengt holte Jamina Luft. Wahrscheinlich hatte ihr Kollege recht.

Du weißt doch ...

Trotzdem, mit jeder Minute ohne eine Nachricht von Liz wich ihr Zorn auch einer wachsenden Sorge.

Sie kam einfach nicht dagegen an.

… wie Teenager sind.

Sie kratzte sich die Narbe an ihrem Arm. »Was ist mit diesem Kenny?«, fragte sie, um sich abzulenken.

Oswald sah sie an, schien nicht darauf eingehen zu wollen. Dann jedoch warf er wieder einen Blick in die Akte. »Er ist vorbestraft«, sagte er. »Das übliche: Drogenbesitz.«

»Wurde er verurteilt?«

»Es war nur eine geringfügige Menge. Ein Jahr auf Bewährung.«

»Und sonst?«

»Nichts.«

Schweigend durchquerten sie Kreuzberg.

Noch immer waren Menschen unterwegs, vor den Cafés, in den Kneipen und Restaurants, genossen ihr Leben, das lauschige Wetter und den Abend, der sich allmählich seinem Ende zuneigte.

Erst in Neukölln ließ der Trubel endlich etwas nach, und die High-Deck-Siedlung lag schließlich fast wie vergessen in der Dunkelheit.

Jamina bog in die Peter-Anders-Straße.

Oswalds Blick fand die Imbissbude an der Ecke.

Bei Hasso, verkündete ein hektisch blinkendes Fassadenschild.

»Hast du wieder Hunger?«, fragte Jamina.

»Ja, habe ich, aber …« Mit skeptischer Miene betrachtete Oswald die Jugendlichen, die quarzend vor der Bude abhingen. Drinnen hockten ein paar traurige Gestalten. »Lieber woanders.«

Achselzuckend fuhr Jamina weiter bis zur Nummer 11.

Dort klingelten sie bei *Kenners & Meyer.*

Nichts.

Sie versuchten es erneut, diesmal länger.

Stille.

Also drückte Jamina die Klingeln der Nachbarn.

Die Gegensprechanlage knarzte, ehe sich eine brüchige Stimme meldete. »Ja bitte?«

»Polizei«, sagte Jamina, »bitte öffnen Sie die Tür.«

»Wieso?«

»Weil ich Sie darum bitte.«

»Ist was passiert?«

»Bitte öffnen Sie!«

»Warum?«

»Herrgott, sofort!«, bellte Oswald.

Nach einer kurzen Pause erklang der Summer.

Sie eilten durch das stinkende Treppenhaus hinauf in die zweite Etage.

Im flackernden Lampenlicht stand eine Wohnungstür einen Spalt offen. Dahinter lugte eine alte Frau hervor. »Was ist …«, sie hustete, »was ist denn heute hier los?«

»Wie meinen Sie das?«

»Sind Sie wirklich Polizei?«

Jamina zog ihren Dienstausweis hervor.

Die Frau betrachtete den Ausweis misstrauisch. »Ist der echt?«

»Selbstverständlich ist er echt.«

»Der sieht aus wie dieser Presseausweis.«

»Was für ein Presseausweis?«, fragte Oswald.

»Von diesem Reporter, der hier war.« Mit zittrigem Finger deutete die Frau zur Nachbarwohnung.

Kenners & Meyer.

»*Wann* war ein Reporter hier?«, hakte Oswald nach.

»Das ist noch gar nicht lange her.«

»War er klein und dick?«

»Ja genau, kennen Sie den?«

Oswald und Jamina wechselten einen besorgten Blick.

»Und was hat er gewollt?«, wollte Oswald wissen.

»Er hat nach diesem … diesem Kenners gefragt.«

»Was haben Sie ihm gesagt?«

»Ja, nichts, ich kenn' den doch gar nicht.«

»Er ist Ihr Nachbar!«

»*Das* hat der Reporter auch gesagt.«

»Ja, und?«

»Es interessiert mich nicht, was diese Männer da treiben!« Angewidert verzog sich das Gesicht der Frau in viele Falten. »So was gehört doch verboten!«

»Tatsächlich?«, fragte Jamina.

Oswald bedachte sie mit einem mahnenden Blick. »Und sonst haben Sie dem Reporter nichts gesagt?«

»Doch«, die Frau brach in ein Husten aus, »dass er's … dass er's bei der Imbissbude versuchen soll.«

»Bei Hasso?«

»Ja, die gehört nämlich dem Meyer.«

SECHZEHN

Ein Stück von der Imbissbude entfernt fand Sackowitz einen Parkplatz. »Gehen wir«, sagte er und stieg aus.

Leonie dagegen blieb im Polo sitzen. »Ich will keine Pommes.«

»Bestimmt haben sie auch Pizza.«

»Das ist 'ne Frittenbude!«

»Himmel, selbst beim Dönermann bekommt man heutzutage Pizza.«

»Ja, und so schmeckt sie dann auch.«

»Lass' uns doch einfach schauen.« Sackowitz bemühte sich um ein zuversichtliches Lächeln. »Wenn's gar nichts gibt, fahren wir halt woanders hin.«

Leonie rührte sich nicht vom Fleck.

»Na los, umso eher sind wir zu Hause und schauen uns einen Film an.«

Widerwillig trat sie ins Freie und bearbeitete demonstrativ geräuschvoll ihren Kaugummi, während sie ihm zur Bude folgte.

Bei Hasso.

Je näher sie der kleinen Butze kamen, desto finsterer wurde Leonies Miene.

Was Sackowitz ihr nicht einmal verübeln konnte.

Die Farbe blätterte von der Fassade, die Fenster waren

fettverschmiert. Vor dem Eingang lungerte ein halbes Dutzend Jugendlicher herum, rauchend und grinsend. Ihr Lachen klang schrill, aggressiv.

Unverhohlen beglotzten sie Leonie.

Sackowitz begann an seinem Vorhaben zu zweifeln, erst recht, als sich seine Tochter näher an ihn heranschob.

»Nur kurz«, sagte er und versuchte dabei so entspannt wie möglich zu klingen.

Rasch hielt er die Tür zur Bude auf.

Drinnen schlug ihnen der Gestank von ranzigem Fett und Alkohol entgegen.

Aus einem Lautsprecher dudelte Marianne Rosenberg: *Du gehörst zu mir.*

An zwei der Tische saßen alte Männer – ihre Gesichter rot, die Wangen eingefallen, ihre Stimmen laut. Vor ihnen standen leere Bierflaschen.

»Ich sag's, die scheren sich doch 'nen Dreck um uns«, knurrte einer von ihnen. »Sitzen im warmen Büro und machen sich die Taschen voll.«

»Jau«, murmelte ein anderer. »Habt ihr's gehört? Das mit dem Senator!«

»War nicht der das, der gesagt hat, das Bürgergeld ist zu hoch?«

»Haha, das war der.«

»Und wir sollen sehen, wie wir mit dem Geld klarkommen.«

»Ist doch alles Verarsche.«

»Wahlen? Bringt nix!«

»Haha, die bräuchten einfach mal so 'ne richtige Abreibung.«

Sackowitz ließ die Männer maulen, trat stattdessen mit Leonie vor die Theke.

Dahinter stand ein stämmiger Kerl, vermutlich Meyer.

Er wischte mit einem trüben Tuch über die Theke und murmelte etwas, das aber im Gedröhne der Stimmen unterging.

Sackowitz warf einen Blick auf die Speisekarte, die in einem fettigen Plastikrahmen steckte. »Schau doch«, sagte er mit einem übertrieben fröhlichen Ton. »Hier gibt's Pizza.«

Leonie verzog ihr Gesicht. »Och nee …«

»Oder auch Nuggets.«

»Ich hab' dir doch gesagt, ich ess' kein Fleisch.«

»Echt?«

»Du hörst wirklich nie zu.«

»Dann eben Pommes.«

»Können wir nicht woanders hingehen?«

»Ich dachte, du hast Hunger?«

»Wir wollten Pizza!«

»Hier gibt es doch Pizza!« Er wartete ihre Antwort nicht ab, bestellte sich eine Portion Pommes und eine Cola. »Du die Pizza, Leonie?«

Giftig funkelte sie ihn an. »Ich dachte, wir bleiben nur kurz.«

»Himmel, hast du jetzt Hunger oder nicht?«

Für einen Augenblick schien es, als wollte sie auf der Stelle zur Straße hinausstürmen. »'Ne Vegetarische«, knurrte sie.

»Und dazu ein Wasser?«

»Cola!«

»Ich glaube nicht, dass du um diese Zeit noch –«

»Die Cola!«, schnappte sie.

Mit einem Seufzer drehte sich Sackowitz zu Meyer um. »Eine vegetarische Pizza bitte …«

»Hab' nur, was auf der Karte steht«, knurrte Meyer.

Sackowitz sah zu seiner Tochter.

Sie verdrehte die Augen. »'Ne Margherita.«

»Und dazu eine Cola«, fügte Sackowitz hinzu, ehe er sich mit Leonie an einen der freien Tische setzte.

Der Gestank schien hier noch intensiver, und die Tiraden der alten Männer lauter.

»Die haben doch keine Ahnung, was hier los ist!«, schimpfte einer.

»Und wir sollen das alles ausbaden!«, knurrte der andere und nahm einen kräftigen Schluck aus seiner Flasche.

Während Marianne Rosenberg sang: *Doch verges' ich nie, wie man allein sein kann.*

»Pommes mit Mayo?«, rief Meyer von der Theke.

»Nur Ketchup«, sagte Sackowitz.

»Und hier die Pizza.«

Sackowitz holte die beiden Teller und die Getränke und trug sie an ihren Tisch.

Die Pommes sahen matschig und unappetitlich aus, der Ketchup war blass und wässrig.

Leonie zerteilte ihre Pizza und knabberte an einem Stück.

»Und?«, fragte Sackowitz.

Sie verzog ihr Gesicht.

Seine Pommes wiederum waren versalzen und fettig. Er zwang sich zu einem Lächeln. »Schmeckt doch.«

»Du brauchst gar nicht so zu tun.«

»Nein, wirklich«, log er und stopfte sich die Pommes in den Mund.

Leonie schnaubte. *»Papa!«*

Unterdessen kam Meyer hinter der Theke hervor, offenbar auf dem Weg zu den Jugendlichen draußen.

»Entschuldigung«, nutzte Sackowitz die Gelegenheit, »Sie sind Herr Meyer, oder?«

Meyer blieb stehen. »Ja. Wieso?«

»Ihnen gehört der Imbiss?«

»Nur gepachtet«, entgegnete Meyer. »Warum fragen Sie?«

»Es hat mich nur interessiert.« Sackowitz zuckte unbekümmert mit den Schultern.

Meyers zweifelnder Blick wanderte zu den Pommes. »Schmeckt's Ihnen nicht?«

»Doch, doch«, beeilte sich Sackowitz zu sagen und vertilgte noch mehr Pommes.

Sein gequältes Lächeln überzeugte Meyer nicht.

Rasch spülte Sackowitz die Pommes mit einem Schluck seiner Cola hinunter. »Ich hatte eigentlich gehofft, Kenny hier zu treffen.«

Meyers Augen verengten sich. »Wer, sagten Sie, sind Sie?«

»Er ist ein alter Kumpel von mir. Hat er mich nie erwähnt?«

»Wenn ich Ihren Namen wüsste ...«

»Hardy.«

»Nein, hat er nicht.«

»Schon klar, ist ja auch etliche Jahre her«, sagte Sackowitz. »Schulzeit und –«

»Und woher wollen Sie dann wissen, dass er hier zu treffen ist?« Meyer trat noch einen Schritt näher.

Die Gespräche der Männer in der Ecke verstummten.

»Na ja«, druckste Sackowitz, während ihm klar wurde, dass er sich nicht wirklich auf dieses Gespräch vorbereitet hatte. Auch seiner Tochter schien die Situation zunehmend unangenehmer. »Hat Kenny mir mal gesagt.«

»Ach ja?«

»Also ist er nicht hier?«

»Nein.«

»Wo ist er denn?«

»Weg.«

»Und wo könnte ich ihn treffen?«

»Hier nicht.«

»Schon klar.« Sackowitz versuchte zu lachen, während er nach seiner Brieftasche kramte.

Hier, so viel war sicher, würde er nichts mehr herausfinden können, keine handfesten Informationen, nicht einmal Gerüchte.

Er deutete auf seine Pommes und die Pizza, von der Leonie erst Dreiviertel vertilgt hatte. »Was macht das?«

»Fünfzehn achtzig«, brummte Meyer und rückte noch dichter heran.

Unwillkürlich zuckte Sackowitz zurück und um ein Haar entglitt ihm dabei seine Brieftasche.

Der Presseausweis rutschte heraus und flatterte zu Boden.

Noch ehe er sich danach bücken konnte, hatte Meyer sich den Ausweis geschnappt. »Reporter?«

»Ach, die Presse«, brummte einer der Männer in der Ecke.

»Lügenpresse«, nuschelte ein anderer.

Meyer drückte Sackowitz den Ausweis gegen die Brust. Seine Stimme nahm einen drohenden Tonfall an. »Besser, ihr verschwindet jetzt.« Sein Blick zuckte zu Leonie.

Sie erstarrte mit der Pizza in ihrer Hand.

Sackowitz legte zwanzig Euro auf den Tisch. »Stimmt so.« Dann nahm er seine Tochter an die Hand und zog sie mit sich. »Schönen Abend noch.«

Auf dem Weg nach draußen verfluchte er sich.

Es war ein Fehler gewesen, hier einfach so aufzukreuzen.

Noch dazu mit Leonie!

»Scheiße, Papa«, platzte es aus ihr heraus, als sie den Polo erreichten, »was war das denn?«

»Das war mir eine Lehre.«

»Was?«

Er schüttelte den Kopf. »Lass' uns fahren.«

»Nach Hause, bitte«, sagte Leonie.

»Willst du nicht noch was essen?«

»Nee, mir ist der Hunger vergangen.«

»Um ehrlich zu sein«, er klemmte sich hinters Steuer, »mir auch.«

Mit einem letzten Blick zur Imbissbude wollte er den Wagen starten.

Dann hielt er inne.

»Papa?«

Kommissarin Stark und ihr Kollege betraten die Bude.

SIEBZEHN

Jamina schlug der Gestank von ranzigem Fett, Pizza und Alkohol entgegen.

Ich träumte oft im Leben, sang Marianne Rosenberg, *ich hätt' drei Wünsche frei.*

Während die Männer in der Ecke auf die Politik schimpften.

Von Sackowitz war hier aber nichts zu sehen.

Oswald trat vor die Theke und betrachtete die Speisekarte. »Eine Pommes«, sagte er zu Jaminas Überraschung.

»Mit alles?«, knurrte der stämmige Kerl, wahrscheinlich Meyer, der aus irgendeinem Grund sichtlich verärgert wirkte.

»Nur Ketchup«, sagte Oswald. »Du auch, Jamina?«

Sie betrachtete die vergilbte Speisekarte: *Pommes, Bratwurst, Currywurst, Nuggets, Pizza Margherita, Pizza Salami, Pizza Tonno.*

»Nein, danke«, sie schüttelte den Kopf, »aber ein Wasser, bitte.«

»Sie auch was trinken?«, wollte Meyer von Oswald wissen.

»Haben Sie Ingwertee?«

»Nur das, was auf der Karte steht.« Meyer entnahm dem

Kühlschrank eine speckige Wasserflasche, die er Jamina reichte.

Oswald studierte noch einmal die Karte: *Bier, Schnaps, Wodka, Cola, Wasser.* »Dann auch ein Wasser.«

Meyer gab ihm ebenfalls eine Flasche, dann warf er eine Handvoll Pommes in die Fritteuse. Das heiße Öl zischte.

Während sich Jamina und Oswald an einen der Tische setzten, kam Meyer hinter der Theke hervor und trat hinaus zu den Jugendlichen, die augenblicklich wild auf ihn einredeten.

Beruhigend hob Meyer seine Hände.

Die Männer an den Nachbartischen waren derweil bei ihrer Gesundheit angelangt.

»Mein Arzt sagt, ich soll weniger trinken«, grunzte einer und schüttelte den Kopf. »Der soll mal mein Leben leben.«

»Haha, dann wirste sehen, wie lange der ohne Bier durchhält.«

»Meiner hat mir Sport verschrieben«, spottete ein anderer und nahm einen tiefen Schluck aus seiner Bierflasche. »Mit kaputtem Rücken?«

»Der spinnt doch!«

»Hab' ich ihm auch gesagt.«

»Und die Frauen sind auch nicht besser.«

»Haha, ständig am Nörgeln. Mach' dies, mach' das.«

»Ich hab' meine rausgeschmissen«, sagte einer und klang

dabei alles andere als glücklich. Trübe starrte er auf seine leere Flasche.

Die Tür ging auf und Meyer kehrte zurück hinter die Theke. »Einmal Fritten mit Ketchup.«

Oswald nahm die Schale entgegen und bezahlte. »Sagen Sie, wer ist eigentlich Hasso?«

»Was?«

»*Bei Hasso.*«

»Ach so.« Grimmig zuckte Meyer mit den Schultern. »Das war der alte Besitzer.«

»Und jetzt gehört der Imbiss Ihnen?«

»Nee, hab' ihn nur gepachtet.«

»Wie lange schon?«

»'Ne Weile.« Meyer bückte sich hinter der Theke, kramte etwas aus einem Schrank und wollte damit wieder hinaus zu den Jugendlichen.

»Und«, Oswald pickte eine Pommes aus der Schale, »wie läuft das Geschäft?«

Meyer hielt auf halbem Wege inne. »Was interessiert Sie das?«

Oswald sah sich in dem versifften Imbiss um. »Nicht so gut, oder?«

»Sind Sie etwa auch so'n Reporter?«

Oswald wechselte einen Blick mit Jamina.

»War gerade eben ein Reporter hier?«, fragte sie.

Meyer schwieg.

Woraufhin Jamina ihm ihren Dienstausweis zeigte. »Ich bin Kriminaloberkommissar Stark und das ist mein Kollege ...«

»Was wollen Sie?«, ließ Meyer sie nicht ausreden. Nervös huschte sein Blick zwischen den beiden Kommissaren hin und her.

»Vielleicht mögen Sie sich kurz zu uns gesellen«, schlug Oswald vor und trug seine Schale mit Pommes zurück zum Tisch. »Wir haben nur einige Fragen, die Ihren —«

Jaminas Handy klingelte.

Rasch zog sie es aus ihrer Tasche.

Gott sei Dank!

Es war ihre Tochter.

»Liz«, nahm sie erleichtert den Anruf entgegen, schritt an Meyer vorbei zur Tür und trat ins Freie. »Ich habe —«

»Jamina!«, schrie Oswald.

Sie wirbelte herum, sah Meyer auf sich zustürmen.

Noch ehe sie in Deckung gehen konnte, rammte er sie beiseite.

Sie taumelte rückwärts, stolperte, ihr Handy entglitt ihrer Hand. Scheppernd ging es zu Boden.

Unterdessen hetzte Meyer in die Nacht davon.

Auch die Jugendlichen versprengten sich in alle Himmelsrichtungen.

»Stehen bleiben!«, brüllte Oswald und rannte ebenfalls hinaus. *»Sofort!«*

Doch Meyer dachte nicht daran.

Oswald hastete ihm nach.

Jamina bückte sich nach ihrem Handy und nahm ebenfalls die Verfolgung auf.

Ein Stück voraus tauchte Meyer in das Gewirr unter den Sozialbauten ein, rannte nach links, bog abrupt nach rechts, schlängelte sich zwischen parkenden Autos hindurch.

Immer wieder blitzte seine Silhouette im Licht der Straßenlaternen auf, nur um gleich darauf wieder zu verschwinden.

Oswald war ihm dicht auf den Fersen.

Jaminas Herz schlug schneller, während sie zu den beiden aufzuschließen versuchte.

Doch Meyer sprintete quer über die Straße, bog in eine dunkle Gasse.

Seine Schritte hallten von den Betonwänden wider.

Der schmale Weg schien ihn zu verschlucken.

An der nächsten Straßenmündung verloren sie ihn völlig aus den Augen.

»Du nach links!« keuchte Oswald und rannte nach rechts.

Jamina spurtete nach links, ihr Atem rasselte, ihre Beine fühlten sich immer schwerer an.

Vor ihr tauchte Meyer wieder auf – kaum mehr als ein dunkler Schemen.

Sie mobilisierte ihre letzten Kräfte, ihre Muskeln brannten.

Sie war nah dran.

Nur noch ein paar Schritte.

Sie konnte die Hand nach ihm ausstrecken, wollte ihn packen.

Meyer schlug einen Haken, hetzte über die Straße.

Ein grelles Licht schoss heran.

Eine Hupe dröhnte.

Jamina riss die Arme hoch und blieb abrupt stehen.

Der Fahrtwind eines Autos streifte ihre Wange, das Metall zischte nur Zentimeter an ihr vorbei.

Das Herz schlug ihr bis zum Hals.

Das Auto raste davon.

Um Atem ringend, starrte Jamina in die Dunkelheit.

Von Meyer fehlte jede Spur.

Stattdessen näherte sich ihr Oswald.

Schweiß rann ihm über die Stirn. Keuchend stürzte er seine Hände auf die Knie. »Ist er weg?«

Wie zur Antwort heulte ein Pkw-Motor auf.

Jamina blickte zurück in die Richtung, aus der sie gekommen waren. »Ich glaube, das ist am Imbiss.«

»Herrgott«, fluchte Oswald, »der Mistkerl hat uns hereingelegt.«

ACHTZEHN

Gebannt starrte Sackowitz hinüber zu Meyer.

Der war nach seiner kopflosen Flucht aus dem Imbiss gerade eben wieder hier aufgetaucht und in einen schwarzen BMW gesprungen, mit dem er in dieser Sekunde davonraste.

»Papa?«, fragte Leonie. »Was ist?«

Die Kommissare, die ihm hinterhergestürmt waren, schien Meyer abgehängt zu haben.

Weit und breit war nichts von den beiden zu sehen.

Was Sackowitz ein Grinsen entlockte.

Von wegen kopflos!

Meyer hatte die Polizisten mächtig an der Nase herumgeführt.

Nur dumm, dass es Sackowitz nicht entgangen war, der plötzlich wieder seine Chance witterte.

Er startete den Motor. Vielleicht hatte sich der Abstecher zur Imbissbude doch noch gelohnt.

»Was ist denn jetzt?«, wollte Leonie wissen.

»Einen Moment«, sagte er und wartete, bis Meyer an ihnen vorbeigeschossen war, dann kurvte er hastig aus der Parklücke und wendete den Polo.

Er trat das Gaspedal durch, einen Tick zu heftig, und der Wagen tat einen Satz nach vorn.

»Papa!« Leonie wurde unsanft in den Sitz gepresst. »Was soll das denn?«

»Sorry«, murmelte Sackowitz, während er dem BMW hinterherraste.

»Du fährst viel zu schnell!«

»Sorry«, wiederholte Sackowitz, der ein Stück voraus die roten Rücklichter des BMW in die Sonnenallee stadtauswärts verschwinden sah.

Er legte noch einmal an Tempo zu, bis auch er die Kreuzung erreicht hatte.

Dort ignorierte er das Stopp-Schild und jagte dem BMW hinterher.

»Papa«, japste Leonie, »ich dachte, wir fahren nach Hause.«

»Fahren wir auch.«

»Aber du fährst in die falsche Richtung.«

»Gleich fahren wir nach Hause.«

»Och nee, Papa, was denn jetzt schon wieder?«

»Gleich!«

Vor ihnen kreuzte der BMW mit überhöhter Geschwindigkeit den Baumschulenweg.

Ein Lkw musste bremsen, seine Hupe dröhnte durch die Nacht.

Sackowitz fuhr an ihm vorbei, den BMW fest im Blick.

Leonie stöhnte. »Verfolgst du diesen Imbiss-Typen?«

»Na ja, also …«

»Was ist denn mit ihm?«

»Ich will nur wissen, wohin er fährt.«

»Also verfolgst du ihn!«

»Wenn du so willst«, gab Sackowitz zu.

Seine Tochter schien kurz zu überlegen. »Und vor wem ist er gerade aus dem Imbiss abgehauen?«

»Vor der Polizei.«

»Echt?« Leonie richtete sich auf.

Sackowitz nickte. »Ja.«

Wieder dachte seine Tochter nach. »Und warum?«

»Auch das möchte ich herausfinden.«

»Na toll«, mit einem Ächzen fiel sie in ihren Sitz zurück, »und wie lange soll *das* jetzt alles wieder dauern?«

»Nicht lange«, sagte Sackowitz, insgeheim hoffend, dass er damit recht behalten würde. »Und dann fahren wir nach Hause ...«

»Das sagst du schon die ganze Zeit.«

»... und schauen einen Film.«

»Wer's glaubt!«, höhnte Leonie.

Vor ihnen nahm der BMW die Auffahrt zur A113.

Sackowitz folgte ihm auf die Autobahn. »Versprochen.«

NEUNZEHN

Für eine Weile standen Jamina und ihr Kollege schweigend da.

Nur ihr keuchender Atem und der entfernte Lärm der Stadt erfüllten die Nacht.

»Gehen wir«, sagte Oswald schließlich und holte sein Handy hervor.

Während er das Dezernat verständigte, ließ Jamina ihren Blick ringsum schweifen, als lauerte irgendetwas in der Dunkelheit unter den Betonklötzen.

Dann griff auch sie nach ihrem Telefon und wählte Liz' Nummer.

Wieder erreichte sie nur die Mailbox.

»Verdammt«, fluchte Jamina, nur um sich gleich darauf zu sagen, dass weder für ihre Wut noch für Sorge ein Grund mehr bestand.

Ihre Tochter hatte sich endlich gemeldet.

Du weißt doch, wie Teenager sind.

Ganz sicher hatte sie ihren Spaß auf dem Konzert gehabt, jetzt befand sie sich mit ihrer Freundin auf dem Heimweg, und alles war in Ordnung.

Als sie zurück zur Imbissbude kamen, war wenig überraschend sowohl von Meyer als auch von den Jugendlichen weit und breit nichts zu sehen.

Nur die alten Männer hockten unverwandt in der versifften Bude und starrten die Kommissare an.

»Die Party ist zu Ende«, verkündete Oswald, während er sich Einweghandschuhe überstreifte.

Die Männer murrten, aber als kurz darauf zwei Streifenwagen vorfuhren, trollten sie sich widerstandslos davon.

Oswald wies die Schutzpolizeibeamten an, sich zu Meyers Wohnung zu begeben und diese einstweilen sorgfältig im Auge zu behalten.

Derweil zog auch Jamina ihre Handschuhe an und trat schaudernd hinter die Theke.

Fettflecken überall, verkrustete Ablagen, klebrige Arbeitsflächen. Die Fritteuse war von altem Öl umgeben, und an den Wänden hafteten Spritzer undefinierbarer Soßen.

Ein Wunder, dass das Gesundheitsamt noch nicht eingeschritten war.

Widerstrebend öffnete Jamina die Schränke – und fand schmutzige Gläser, Teller, das Besteck halb in alten Servietten eingeschlagen.

In der Ecke stand ein Messerblock, nicht minder verschmiert.

Der Kühlschrank roch muffig, wie alte Socken, darin stapelten sich offene Konserven und verschrumpelte Lebensmittel. Die Gefriertruhe war vereist, darin lagen gefrorene Fleischstücke, deren Haltbarkeitsdatum teilweise längst abgelaufen war.

»Und?«, fragte Oswald, der sich zu ihr gesellte.

»Sei froh«, Jamina schloss die Gefriertruhe, »dass du deine Pommes nicht gegessen hast.«

»Und sonst nichts?«

»Was hast du erwartet? Ecksteins Leiche?«

»Nein, aber …« Oswalds Blick fand den Messerblock. »Da fehlt ein Messer.«

»Na und?«

Oswald zog die vorhandenen Messer der Reihe nach heraus und betrachtete die Lücken. »Ein Filetiermesser.«

»Was bist du? Koch?«

»Gelegentlich koche ich auch ganz gerne.«

»Und was glaubst du? Dass Eckstein mit diesem Messer die Finger abgetrennt wurden?«

»Was weiß ich.« Oswald zuckte mit den Schultern. »Irgendeinen Grund muss es ja haben, warum Meyer vor uns geflohen ist.«

Immerhin, damit lag er nicht falsch.

»Und so, wie sich auch sein Freund Kenny vorhin vor uns verdrückt hat …«

»Ja«, Jamina zückte ihr Handy, »ich rufe einen Schlüsseldienst für ihre Wohnung.«

ZWANZIG

Auf der Autobahn war der Berufsverkehr längst vorüber, dennoch ermahnte sich Sackowitz zur Vorsicht.

Er ließ sich mit seinem Polo ein beträchtliches Stück zurückfallen.

Aufmerksam behielt er die Rücklichter des BMW im Auge.

Trotzdem entging ihm Leonies Groll, den er neben sich förmlich zu spüren glaubte, nicht.

Er hatte das Gefühl, irgendetwas sagen zu müssen, auch weil ihn wieder das schlechte Gewissen plagte. »Es wird sicher nicht mehr lange dauern.«

Leonie schnaubte abfällig. »Du wiederholst dich.«

»Tut mir leid.«

»Weil du dich wiederholst?«

»Ja, also, nein, weil das alles heute so blöde läuft.«

»Heute?«, fragte sie hämisch.

Worauf er nichts mehr zu erwidern wusste.

Auch Leonie verlor sich wieder in ihr grimmiges Schweigen.

Draußen glitt der Flughafen an ihnen vorüber.

Die hell erleuchteten Start- und Landebahnen tauchten die Nacht in ein flirrendes Gelb.

Sackowitz blickte unverwandt nach vorn.

Der Flughafen blieb hinter ihnen zurück, wich mehreren Gewerbegebieten, bunt strahlenden Reklamen der Möbelhäuser, Baumärkte, Discounter.

Unvermittelt scherte der BMW zur Abfahrt Waltersdorf heraus.

Für einen Moment war Sackowitz überrascht, nicht sicher, was er tun sollte.

Dann riss auch er das Steuer herum.

Der Polo schlingerte.

»Papa!«, beschwerte sich Leonie.

»Sorry«, sagte er, während er der Kurve hoch bis zur Kreuzung folgte.

Der BMW fuhr geradeaus nach Schulzendorf.

Wieder hielt Sackowitz ausreichend Abstand.

Währenddessen begann er sich vorzustellen, welches Ziel Meyer hatte.

Liegt das nicht auf der Hand?

Na klar, wenn er und Kenners mit dem Ekel-Fund im *Bernhard's* und dem Verschwinden des Promi-Kochs zu tun hatten – und eigentlich bestand daran kein Zweifel, wieso sonst hätte Meyer vorhin die Flucht vor den Kommissaren ergreifen sollen? Und jetzt befand er sich womöglich auf dem Weg zu jenem Versteck, in dem sie Eckstein gefangen hielten und –

»Papa«, riss Leonie ihn aus seinen Gedanken, »wie lang denn jetzt noch?«

»Nicht mehr allzu lange.«

»Du wiederholst dich.«

»Du doch auch«, versuchte Sackowitz sich an einem Scherz.

Was seiner Tochter aber kein Lächeln entlockte. »Mir ist langweilig.«

Er streckte die Hand zum Radio aus. »Willst du wieder Musik hören?«

»Och nee, ich will endlich nach Hause, einen Film gucken.«

»Das machen wir auch«, er warf ihr einen Blick zu und nickte, um seinen Worten Nachdruck zu verleihen, »das habe ich dir doch versprochen.«

»Ja, wann denn?«

»Gleich.«

»Wir sind hier am Arsch der Welt.«

»*Leonie!*«

»Und wir brauchen ewig bis nach Hause.«

»Ich beeile mich«, er schaute wieder nach vorn, wo die ersten Lichter Schulzendorfs auftauchten, »und dann –« Er brach ab, bremste, fuhr langsamer, während er Ausschau nach dem BMW hielt.

Doch der war plötzlich wie vom Erdboden verschluckt.

Aus dem Augenwinkel nahm Sackowitz eine Bewegung wahr.

Es dauerte einen Moment, bis er in dem Schemen ein Pferd erkannte, das zusammen mit einigen anderen auf einer Koppel graste.

»Suchst du etwa den da?«, fragte Leonie und deutete auf ein Grundstück kurz hinter dem Ortsschild *Schulzendorf.*

Im fahlen Licht billiger Funzeln war dort eine alte, verlassene Fabrikhalle auszumachen – zerbrochene Fenster, brüchige, mit Graffiti beschmierte Mauern.

Der BMW stand verborgen im Halbdunkel vor dem Eingangstor.

Sackowitz fuhr an der Zufahrt zum Grundstück vorbei, hielt nach zweihundert Metern an, machte die Scheinwerfer aus und wendete.

Im Schritttempo rollte er die Straße wieder zurück, bis er im schützenden Schatten mehrerer Platanen stehenblieb.

»Und was jetzt?«, fragte Leonie.

»Pst«, machte Sackowitz.

Drüben stieg Meyer aus seinem Wagen.

EINUNDZWANZIG

Jamina versuchte den muffigen Gestank zu ignorieren, der durch das Treppenhaus zog.

Im flackernden Licht schlug Oswald gegen Meyers Tür.

Niemand, der ihnen öffnete.

Einer der Schutzpolizeibeamten brummte. »Ich hab' doch gesagt, wir haben keinen hineingehen sehen.«

»Hätten wir sicher mitbekommen«, pflichtete der andere ihm bei.

Stattdessen ging die Tür zur Nachbarwohnung auf und die alte Frau steckte wieder ihren grauen Schopf heraus. »Also«, sie hustete, »also hat das endlich ein Ende.«

»Wir fangen gerade erst an«, meinte Oswald.

»Wie meinen Sie?«

Noch ehe er etwas erwidern konnte, polterten schnelle Schritte die Stufen hoch.

Pospiech erschien, gefolgt von einem Mann in Latzhose und mit einem großen Werkzeugkoffer unter dem Arm.

»Herrgott, Leon«, wunderte sich Oswald, »was machst du denn hier?«

»Braucht ihr keine Hilfe?«

»Und was ist mit den Krankenhäusern?«

»Ich habe die Kollegen darauf angesetzt.«

»Und?«

»Bisher nichts.«

»Sie brauchen einen Schlüsseldienst?«, fragte der Mann und ließ seinen Werkzeugkoffer demonstrativ scheppern.

Oswald deutete auf die Wohnung von *Kenners & Meyer*.

Nur wenige Handgriffe später knackte das Schloss.

Der Mann trat zurück. »Und wem soll ich die Rechnung schicken?«

»Dem Polizeidezernat Berlin-Mitte.« Oswald wartete, bis der Mann die Treppe hinuntergestiefelt war, ehe er seine Waffe zückte.

Jamina tat es ihm gleich.

Pospiech wollte ihrem Beispiel folgen.

»Nein, Leon«, Oswald winkte ab, »du wartest hier …«

»Ja, aber —«

»… und passt auf, dass niemand etwas Unbedachtes tut.« Oswald nickte in Richtung der alten Dame, die mit großen Augen auf ihre Waffen starrte.

Dann schob er die Tür langsam auf.

Der Geruch von abgestandenem Essen und kaltem Rauch schlug ihnen aus der Wohnung entgegen.

Entfernt war ein Kühlschranksurren zu hören.

Ansonsten herrschte Stille.

Die Gardinen waren zugezogen, nur wenig Licht fiel durch die Ritzen.

»Polizei! Ist jemand hier?«, rief Oswald.

Keiner, der ihm antwortete.

Langsam wagten sie sich in den engen Flur vor.

Die Tapete an den Wänden war vergilbt und stellenweise eingerissen. Dreckige Schuhe und alte Zeitungen stapelten sich in einer Ecke.

Sie warfen vorsichtige Blicke in alle Zimmer, die nicht minder schmuddelig waren.

Aber niemand war anwesend.

»Kann ich hereinkommen?«, fragte Pospiech aus dem Treppenhaus.

»Warte«, sagte Oswald und ging ins Schlafzimmer.

Jamina nahm sich das Wohnzimmer vor – ein Chaos aus leeren Bierflaschen, Pizzakartons und abgewetzten Möbeln.

An der Wand waren ein paar zerrissene Konzertplakate gepinnt, dazwischen Bilder, die Meyer und einen zweiten, jungen Mann zeigten, wahrscheinlich Kenny – Konrad Kenners.

Ein abgenutztes Sofa stand in der Mitte des Raumes, daneben ein niedriger Tisch, übersät mit Zigarettenstummeln und klebrigen Flecken.

Das Regal unter dem großen Flachbildfernseher war halb eingestürzt.

Jamina schob mit dem Fuß eine Bierflasche beiseite und fand einen Stapel geöffneter Briefe.

»Was ist das?«, fragte Oswald, der den Raum betrat.

»Etliche Rechnungen und Mahnungen.«

»Die beiden scheinen einiges an Schulden angehäuft zu haben.«

»Wie kann es sein, dass jemand wie Kenners, der *so* lebt«, mit einer angeekelten Handbewegung beschrieb Jamina die versiffte Wohnung, »in einem Edelrestaurant wie das *Bernhard's* einen Job finden konnte?«

»Mein Gott«, Oswald schnaubte, »wieso nicht? Du hast doch gehört, Eckstein hatte einen Narren an ihm gefressen.« Achselzuckend begab er sich in die Küche.

»Ja, was ist denn jetzt?«, kam Pospiechs ungeduldige Stimme.

»Du kannst hereinkommen«, meinte Oswald.

In der Küche sah es kaum besser aus – der Boden war klebrig, die Spüle überquoll mit dreckigem Geschirr. Auf der Arbeitsplatte standen angebrannte Töpfe, daneben ein Stapel leerer Konservendosen.

Ein halb verzehrter Döner gammelte auf einem Teller vor sich hin.

Als Jamina den Kühlschrank öffnete, schlug ihr ein beißender Gestank entgegen.

»Verflixt!«, hörte sie Pospiech fluchen, der vor der Spüle stand.

Halb vom Geschirr verborgen lag ein Filetiermesser – die Klinge mit getrocknetem Blut verkrustet

Vorsichtig pickte Pospiech das Messer heraus. »Das könnte das Messer sein, mit dem Eckstein –«

»Das glaubst du doch selbst nicht!«, ließ Oswald ihn nicht ausreden.

»Ja, aber ...«

»Das Restaurant befindet sich in Mitte.«

»... *das*«, Pospiech hielt das Messer hoch, »*das* ist kein Zufall.«

»Warum sollte das Messer hier in Neukölln liegen, kilometerweit vom Tatort entfernt?«

»Vielleicht hat Kenners das Messer nach der Tat mitgenommen, um es zu verstecken.«

»Selbst wenn, weshalb lässt er es dann hier herumliegen?«

»Verflixt, nur selten handeln Täter logisch.« Pospiech packte das Messer in einen Beweismittelbeutel. »Jedenfalls können wir nicht einfach darüber hinwegsehen, wir sollten sicherstellen, ob das Blut von Eckstein stammt.«

»Wir sollten die Spurensicherung verständigen«, sagte Jamina.

Pospiech reichte ihr den Beutel, dann zückte er sein Handy. »Und Kenners und Meyer zur Fahndung ausschreiben.« Erwartungsvoll blickte er zu Oswald.

Nach kurzem Zögern deutete der ein Kopfnicken an.

Während Pospiech telefonierte, versiegelte Jamina den Beweismittelbeutel.

In das Knistern des Plastiks mischte sich ihr klingelndes Telefon.

Sie legte den Beutel beiseite.

Es war ihre Tochter.

»Liz«, sagte sie erleichtert, »wo steckst du?«

»Jamina?«, meldete sich eine männliche Stimme.

Sie kam Jamina bekannt vor, aber in ihrer Verwirrung wusste sie die Stimme niemandem zuzuordnen. »Wer ist da?«

»Ich bin's, Paul.«

»Wer?«

»Paul Kalkbrenner.« Ein Kollege von ihr, Kriminalhauptkommissar – und wie sie Mordermittler.

Jamina schluckte. »Warum rufst du mich von Liz' Handy an?«

»Ich habe Liz' Telefon gefunden.«

»Wieso – *gefunden*?«

»Am besten, du kommst hierher.«

»Wohin?«

»Aufs Dezernat!«

Plötzlich war Jaminas Kehle wie zugeschnürt. »Was ist passiert?«, presste sie hervor.

»Bitte komm her.«

»Ist Liz etwas passiert?«

»Und beeil dich.«

»Verdammt, Paul! Paul?« Er hatte aufgelegt.

Langsam ließ Jamina ihr Handy sinken.

Oswald sah sie an. »Was ist mit Liz?«

Sie bekam kaum noch Luft. »Ich weiß es nicht.«

»Dann fahr los.«

Aber sie war wie erstarrt.

»Worauf wartest du?«, fragte Oswald. »Wir kommen schon alleine hier klar.«

Endlich löste sich ihre Erstarrung. Sie rannte los.

ZWEIUNDZWANZIG

Während Meyer auf das Eingangstor zur Fabrikhalle zulief, ertappte sich Sackowitz dabei, wie er bereits eine neue Schlagzeile formulierte.

Kurier-Reporter überführt Kidnapper: Promi-Koch gerettet!

Himmel, damit würde er allen beweisen, dass mit ihm noch immer zu rechnen war, weil er –

»Papa«, riss Leonie ihn aus seinen Gedanken. »Hast du gehört?«

Er behielt seinen Blick auf Meyer gerichtet. »Was?«

»Ich sagte, jetzt weißt du doch, wohin der Typ gefahren ist.

»Klar, aber –«

»Dann können wir ja fahren.«

»Vorher müssen wir noch herausfinden, was er –«

»Wir? Och nee, *du!*«

»Natürlich, du hast recht, also lass' mich –«

»Ich will nach Hause!«

»Fahren wir ja auch gleich –«

»Ich will *jetzt* nach Hause!«, fiel Leonie ihm scharf ins Wort.

»Nein«, kopfschüttelnd drehte er sich zu ihr um, »ich muss nur –«

»Dann ruf' Mama an!«

»Was?«

»Ruf' sie an! Sie soll mich abholen kommen!«

»Wo? Hier?«

»Ja.«

»Nein, das geht nicht.«

»Ich will aber nach Hause!«

»Leonie …«

»Jetzt sofort!«

»… bitte«, besorgt schaute er hinüber zur Halle, »schrei' nicht so.«

»Ich schrei' so viel, wie ich will!«

»Wir fahren wirklich gleich nach Hause, versprochen.«

»Dein Scheißversprechen kannst du dir sonstwohin stecken.«

»Leonie!«

»Und jetzt schreist du auch!« Aufgebracht starrte sie zur Fabrikhalle raus.

Meyer hatte deren Eingangstor erreicht, schien es zu entriegeln, dann schob er es auf und verschwand ins Innere.

Leonie ächzte. »Was, denkst du, macht er da drinnen?«

»Das ist es ja, ich weiß es nicht.«

»Ach komm!«, schnappte sie, »als ob!«

Sackowitz zögerte, nicht sicher, ob er Leonie tatsächlich einweihen sollte. Er hatte eine ungefähre Ahnung, was ihre Mutter davon halten würde, würde sie davon erfahren, was sehr wahrscheinlich war – abgetrennte

Finger, Entführungen, im schlimmsten Fall sogar ein Mord. Das war ganz sicher nichts für eine fast Dreizehnjährige.

Verfolgungsjagden am späten Abend aber ganz sicher auch nicht!

Hinter einigen der Fenster in der Lagerhalle flammte Licht auf.

»Ich glaube, er hat jemanden entführt«, sagte Sackowitz.

»Echt? Wen denn?«

»Bernhard Eckstein, dieser Fernsehkoch, vielleicht hast du schon mal von ihm gehört.«

»Na klar, den guckt Mama immer. Manchmal kocht sie sogar seine Rezepte nach.«

Was Sackowitz mit einem missfälligen Brummen quittierte.

»Und du glaubst, jetzt versteckt er Eckstein dort?« Leonie deutete auf die hellen Fenster.

Sein Blick folgte ihrem Fingerzeig. »Zumindest liegt der Verdacht nahe, oder?«

»Warum rufst du dann nicht die Polizei?«

»Weil ich nicht sicher weiß, ob sich Eckstein tatsächlich dort befindet. Und wenn nicht, dann bin ich derjenige, der dumm dasteht.«

Und zwar nicht nur bei der Polizei!

»Und wenn doch?«, fragte Leonie.

Was ihn kurz lächeln ließ. »Dann hab' ich eine gute Story.«

»Aber wie willst du das herausfinden?«

»Du musst mir einen Gefallen tun.« Sackowitz atmete durch. »Du bleibst hier im Wagen ...«

»Och nee!«

»... und rührst dich nicht vom Fleck.«

»Ich komme mit!«

Fast hätte Sackowitz aufgelacht. *»Auf keinen Fall!«*

»Ich will aber mit!«

»Nein!«, japste Sackowitz. *»Nein!«*

»Na toll, endlich wird's spannend ...«

»Es ist gefährlich!«

»... und ich darf nicht mit!«

»Du bleibst im Wagen, Leonie, hast du verstanden?«

Sie lachte freudlos auf. »Wo soll ich hier denn großartig hin?«

»Versprochen?«

»Du und deine Versprechen!«

»Leonie, bitte!«

Sie seufzte. »Na gut.«

Er wollte noch einmal nachhaken, ließ es dann aber dabei bewenden, weil unter den gegebenen Umständen vermutlich nicht mehr von ihr zu erwarten war.

Na gut.

Er stieß die Wagentür auf. »Ich bin gleich wieder da.«

DREIUNDZWANZIG

Jamina raste quer durch Berlin.

Wann immer der Verkehr vor ihr ins Stocken geriet, schlug sie auf die Hupe ein, ohne dass sie etwas damit bewirkte.

Kurzerhand stellte sie das Blaulicht aufs Dach und schaltete das Martinshorn ein. Das war ihr nur in Notfällen erlaubt – aber das war es jetzt doch, ein Notfall, oder?

Das Martinshorn schrillte in ihren Ohren, konnte aber dennoch nicht Kalkbrenners Stimme übertönen, die sich schier endlos in ihrem Kopf wiederholte.

Ich habe Liz' Telefon gefunden.

Wo hatte er es gefunden? Wann? Und – warum?

»Verdammt«, fluchte Jamina, weil ihr Kollege ihr keine dieser Fragen beantwortet hatte.

Aber aus Erfahrung wusste sie, was das zu bedeuten hatte, denn Polizisten überbrachten niemals schlechte Nachrichten am Telefon: Etwas war mit ihrer Tochter passiert. *Etwas Schreckliches.*

Als sie endlich den Alexanderplatz erreichte, stach der Fernsehturm schimmernd in den Abendhimmel. Gegenüber stand das Präsidium wie ein schwarzer Klotz, düsterer als sonst.

Aber vielleicht bildete sie sich das auch nur ein.

Drinnen ließ der Fahrstuhl auf sich warten, weshalb Jamina entnervt durchs Treppenhaus hinauf hastete, zwei Stufen auf einmal nehmend.

Ihr Herz hämmerte, ihre Beine brannten, aber sie hielt nicht inne.

In der dritten Etage stand Kalkbrenner vor seinem Büro und schien mit ernster Miene auf sie zu warten. »Jamina.«

»Was ...«, sie rang um Atem, »was ist mit Liz passiert?«

»Jamina ...«

»Wo ist sie?«

»... komm mit.« Kalkbrenner wies in sein Büro.

»*Verdammt, Paul!*«, blaffte sie. »*Jetzt sag schon!*«

Wortlos drehte Kalkbrenner sich um.

Jamina eilte ihm durch das leere Vorzimmer nach.

Die Schreibtischlampe seiner Sekretärin war aus, daneben lag ein chaotischer Stapel Papiere, inmitten dieses Durcheinanders stand ein Teller mit halb verzehrtem Kuchen.

Allein bei dessen Anblick verspürte Jamina Übelkeit.

In Kalkbrenners Büro saß seine Kollegin Sera Muth. »Jamina«, grüßte sie.

Jamina hatte nur Augen für Kalkbrenner. »Paul, was —«

»Jamina«, er deutete auf den freien Platz neben Muth, »setz dich doch bitte.«

Sie blieb stehen.

Er ließ sich hinter seinem Schreibtisch nieder.

Zwischen den Akten entdeckte Jamina einen Beweismittelbeutel, darin ein Handy – unzweifelhaft das von Liz.

Kalkbrenner folgte ihrem Blick. »Jamina, ich ...«

»Wieso hast du Liz' Handy?«

»Jamina ...

»Verdammt, Paul, ich weiß, wie ich heiße!«

»Ja, tut mir leid«, er nickte, »aber hast du zwischenzeitlich etwas von deiner Tochter gehört?«

»Ja wie denn, wenn du ihr Handy hast!«

»Sie hätte dich von einem anderen Anschluss anrufen können, dem ihres Freundes –«

»Sie hat keinen Freund!«

»Nun, ich –«

»Außerdem, wäre ich sonst hier?«

»Klar, natürlich, du hast recht«, grummelte Kalkbrenner.

Es war Muth, die fragte: »Aber auch sonst hat sich niemand bei dir gemeldet?«

Jamina wirbelte zu ihr herum, wollte sie anbrüllen, hielt sich in letzter Sekunde aber zurück. Angestrengt holte sie Luft. »Wer hätte sich denn melden sollen?«

»Also nein?«, fragte Kalkbrenner.

»Verdammt Paul, jetzt sag mir endlich, was los ist!«

Kalkbrenner stützte die Ellenbogen auf den Schreibtisch. »Liz war hier bei uns auf dem Dezernat.«

»Warum?«

»Die Kollegen hatten sie zur Vernehmung hergebracht, allerdings zu spät gemerkt, dass sie deine Tochter ist.«

»Warum war sie hier?«, fragte Jamina.

»Die Kollegen haben sie laufen lassen«, überging Kalkbrenner ihre Frage, »und Sera wollte ihr noch schnell nach.«

Muth nickte. »Ich bin ihr hinunter zur Straße gefolgt, aber sie war weg. Nur ihr Handy lag am Bordstein, noch entsperrt.«

Kalkbrenner tippte auf den Beweismittelbeutel.

»Offenbar hatte sie gerade einen Anruf getätigt«, fuhr Muth fort, »und laut Anrufliste warst du, Jamina, die letzte Person, die sie angerufen hat.«

»Kann sein, aber –«

»Gesprochen habt ihr allerdings nicht miteinander, richtig?«

»Ja, ich … ich war gerade verhindert.«

»Jedenfalls war ihr Telefon noch entsperrt, als ich es am Bordstein fand«, sagte Muth.

Kalkbrenner nickte. »Deshalb konnte ich dich anrufen.«

»Vielleicht«, erwiderte Jamina, »vielleicht hat sie es nur verloren.« Noch während sie sprach, wurde ihr bewusst, dass sie selbst nicht von ihren Worten überzeugt war.

Wäre Kalkbrenner der gleichen Ansicht gewesen, hätte er sie niemals verständigt.

Als wüsste er um ihre Gedanken, schüttelte er den Kopf. »Es gibt zwei Zeugen, die gesehen haben wollen, wie Liz in einen Van gezerrt wurde.«

Jamina brauchte einen Augenblick, bis sie wirklich begriff, was er ihr da gerade mitgeteilt hatte. Mit einem Ächzen sank sie auf den Stuhl neben Muth. »Sie wurde …« Ihre eigene Stimme klang ihr plötzlich fremd in den Ohren. »Sie wurde entführt?«

»Danach sieht es aus.«

»Von wem?«

»Wir hatten gehofft, *du* könntest uns das sagen.«

»Wieso denn ich?«

Kalkbrenner verzog sein Gesicht. »Weil du –«

»Was für ein Van?«, unterbrach sie ihn.

»Das ist leider nicht ganz klar. Der eine Zeuge meinte, es sei ein blauer gewesen, der andere sprach von einem grünen Van.«

»Haben sie sich das Kennzeichen merken können?«

»Eine andere Zeugin hat ausgesagt, es sei ein Berliner Kennzeichen gewesen.«

»Und das ist alles?«

»Wir suchen weitere, mögliche Zeugen, aber –«

»Dann sucht halt nach Vans mit Berliner Kennzeichen!«

»Das tun wir, Jamina, aber – hast du eine Ahnung, wie viele Vans im Stadtgebiet angemeldet sind?«

»Sucht nach grünen oder blauen!«

»Es könnten auch graue oder sogar schwarze gewesen sein. Es war schon dunkel, du weißt, wie unzuverlässig Zeugen dabei sind.«

»Trotzdem!«, beharrte Jamina.

Kalkbrenner zögerte. »Natürlich werden wir die Vans überprüfen, aber das braucht Zeit und –«

»Und überhaupt, wieso wurde Liz vernommen?«

»Vielleicht können wir erst einmal –«

»Weshalb war sie hier?«

»Jamina, ich –«

»Verdammt, Paul!«

Kalkbrenner grummelte.

»Es gab einen versuchten Totschlag heute Nachmittag«, erklärte Muth an seiner Stelle, »einen Messerangriff.«

»Wurde Liz verletzt?«

»Nein, keine Sorge . . .«

»Ich soll mir keine Sorgen machen?«

». . . sie wurde nicht verletzt.«

»Sie wurde entführt, verdammt!«

»Ja, Jamina, aber bitte beruhige dich . . .«

»Wie soll ich da ruhig bleiben?«

». . . es ist niemandem geholfen, deiner Tochter am allerwenigsten, wenn du den Kopf verlierst.«

Jamina schnappte nach Luft und versuchte sich zu beruhigen, was ihr nur schwerlich gelang.

»Ein gewisser Toni Buczak wurde vor seiner Wohnung angegriffen«, ergriff Kalkbrenner wieder das Wort, »sagt dir sein Name etwas?«

»Wer soll das sein?«

»Ein Typ, der unter dem Verdacht steht, allerlei krumme Geschäfte zu betreiben – Drogen, Hehlerei, Diebstahl, Schmuggel, es geht um E-Bikes, Waschmaschinen, andere Haushaltsgeräte, Smartphones, Streetwear und Sneaker.«

»Er steht nur unter Verdacht?«

»Er ist nicht dumm, hat Leute, die für ihn arbeiten, die wiederum Leute für sich arbeiten haben. Er selbst hält sich geschickt im Hintergrund.«

»Und woher soll ich ihn dann kennen?«, schnappte Jamina.

Kalkbrenner zuckte mit den Schultern. »Ich dachte –«

»War Liz' etwa Zeugin, als er angegriffen wurde?«

»Sozusagen.«

»Was soll das denn heißen?«

»Sie befand sich in seiner Begleitung.«

»Was?«

»Sie befand sich –«

»Ja, verdammt, Paul, das habe ich verstanden, aber sie wollte mit ihrer Freundin auf ein Konzert!«

»Das hatten sie wohl auch noch vor, hat Liz zumindest gemeint.«

»Also *was* hatte sie bei diesem Typen zu suchen?«

»Nun«, gequält verzog Kalkbrenner sein Gesicht, als scheute er seine nächsten Worte, »was glaubst du? Zum einen hat dieser Buczak Drogen vertickt . . .«

»Und woher kannte sie ihn überhaupt?«

»Angeblich von ihrer Freundin.«

»Hannah?«

»Wenn *das* ihre Freundin ist.«

»War sie nicht bei Liz?«

»Als Buczak angegriffen wurde, hat sie wohl das Weite gesucht«, erklärte Kalkbrenner, »Liz dagegen ist bei ihm geblieben.«

Konsterniert starrte Jamina ihn an. Unvermittelt mischte sich in ihre Furcht um Liz ein Unbehagen. »Ist das dein – *zweitens?*«

»Wie bitte?«

»Du meintest gerade – zum einen habe dieser Buczak ihr Drogen vertickt.«

»Ach so, ja«, Kalkbrenner nickte wie unter großer Qual, »und zum anderen hatte ich den Eindruck, dass Liz ihn durchaus schon länger kannte.«

»Wie lang?«, hakte Jamina nach, obwohl sie die Antwort bereits ahnte.

»Na ja, also, lang genug.«

»Du meinst, die beiden waren …« Jamina stockte, bekam den Rest nicht über die Lippen.

Auch Kalkbrenner beließ es bei einem Nicken.

Jamina dagegen schüttelte den Kopf, weil sie sich gegen den Gedanken sträubte.

Du weißt doch, wie Teenager sind.

Prompt stieg in ihr wieder die Erinnerung an ihre eigene Zeit damals in Berlin auf.

Ihre Finger fanden zur Narbenwulst auf ihrem Arm.

»Wurdest du in letzter Zeit bedroht?«, hörte sie Kalkbrenner fragen.

Irritiert hob sie den Blick. »Nein.«

»Erpresst?«

»Auch nicht.«

»Gab es andere Zwischenfälle im Dienst?«

»Nein, nichts.«

»Denk bitte nach.«

»Nein«, Jamina schüttelte den Kopf, »nichts, was … was eine Entführung rechtfertigen würde, aber –«

»Und bei Liz?«

»Da war auch nichts.«

»Hat sie sich seltsam verhalten?«

»Nicht anders als sonst.«

»Gab es keinerlei Streit oder so?«

»Nein, nichts.«

»Einen eifersüchtigen Ex-Freund oder –«

»*Verdammt, Paul, sie ist fünfzehn, noch ein Teenager!*«

»Gerade in *diesem* Alter haben sie häufig Geheimnisse.«

»*So war sie nicht!*«, beharrte Jamina.

Kalkbrenner grummelte. »Bis gerade eben hast du nicht einmal gewusst, dass sie etwas mit diesem Buczak …«

»*Verdammt, was ist denn mit* ihm?«

»Der kann's nicht gewesen sein.«

»Schon klar, aber wieso wurde *er* niedergestochen?«

»Wir gehen davon aus, er hat sich bei seinen krummen Geschäften mit den falschen Leuten eingelassen.«

»Ihr geht davon aus?«

»Er selbst hüllt sich über die Tat und die Täter in Schweigen.«

»Und Liz?«

»Konnte uns leider auch nichts dazu sagen.«

»Konnte oder wollte?«

»Ich hatte den Eindruck, dass sie selbst ziemlich schockiert war und —«

»*Und verdammt, wieso habt ihr sie dann überhaupt vernommen?*«

»Na, weil sie eine Zeugin war.«

»*Noch dazu alleine!*«

»Du weißt doch …«

»*Sie ist minderjährig!*«

»… wie das ist in solchen —«

»*Ihr hättet mich verständigen müssen!*«

Kalkbrenner wollte etwas erwidern.

»Wie auch immer«, kam sie ihm zuvor, »der Angriff auf diesen Buczak ist fehlgeschlagen, da kann es doch kein Zufall sein, dass kurz darauf seine …« Jaminas Stimme erlahmte.

Seine Freundin, hatte sie sagen wollen, aber allein der Gedanke, dass Liz und dieser Typ … *ja was?*

Sie schüttelte den Kopf, wollte nicht weiter darüber nachdenken. ür den Moment hatte sie andere, dringlichere Probleme. »Wo ist dieser Buczak jetzt?«

»Vermutlich wieder zu Hause.«

»Ich dachte, er wurde niedergestochen.«

»Er kam mir einer Stichwunde an der Hand davon, nichts Schlimmes.«

»Dann knöpft ihn euch noch einmal vor.«

»Das werden wir machen.«

»Ich komme mit!«

»Nein!«

»Verdammt, es geht um Liz!«

»Du weißt, wie wir in solchen Situationen verfahren.«

Wütend setzte Jamina zum Protest an.

»Außerdem solltest du jetzt nach Hause fahren«, kam Muth ihr zuvor, »wir schicken dir gleich Kollegen vorbei. Ihr müsst erreichbar sein, sobald sich die Entführer bei dir melden.«

»Und was, wenn sie sich nicht melden?«

VIERUNDZWANZIG

Vorsichtig, von Schatten zu Schatten huschend, schlich Sackowitz über die Zufahrt auf das Grundstück.

Dort war der Boden uneben, bedeckt mit Abfall und Scherben, die unter seinen Schuhsohlen knirschten.

Als ein Holzbrett knarzte, gefror er auf Stelle, hielt den Atem an.

Aber nichts geschah.

Nur ein Auto fuhr auf der Straße vorbei, verschwand nach Schulzendorf.

Kurz blickte Sackowitz zurück zu Leonie, aber weder sie noch der Polo waren in den Schatten kaum auszumachen. Also pirschte er sich weiter voran, erst einige Schritte auf die Fabrikhalle zu, dann schlug er einen Bogen um sie herum.

In der Dunkelheit kam er nur schwerlich voran, musste sich durch wild wachsendes Gestrüpp zwängen, über Wurzeln steigen und –

Scheiße!

Er stolperte über eine umgekippte Mülltonne, deren Deckel zu Boden schepperte.

Wieder blieb er stehen und lauschte.

Nichts.

Er mühte sich weiter, bis er die Rückseite der Halle

erreicht hatte. Sie wirkte verlassen, bis auf das Licht, das auch hier aus einigen der Fenster schien, und den Stimmen, die plötzlich von drinnen zu vernehmen waren, dumpf und weit entfernt.

Sackowitz hielt Ausschau nach einem möglichen Hintereingang, konnte aber keinen entdecken – nur ein Loch in der bröckelnden Wand, gerade breit genug für ihn, und auch nur, wenn er seinen Bauch einzog.

Während er sich hindurchquetschte, schrammte die raue Kante des Betons über seine Jacke.

In der Halle war die Luft stickig, schwer von Staub und dem modrigen Geruch alter Stoffe.

Inzwischen schlug sein Herz schneller, während er durch die Halle schlich, vorbei an Kisten mit zerfetzten Stoffbahnen, einer Palette voller löchriger Orientteppiche und Paketen, aus denen verschimmelte Bücher und Zeitschriften quollen.

Sand und Steine knirschten unter seinen Schuhen.

Mühsam versuchte er seine Schritte zu dämpfen, denn er kam den Stimmen näher.

Zwei Männer, die zornig aufeinander einschimpften.

Auf Zehenspitzen pirschte er sich auf sie zu.

Hinter einer großen Wand aus gestapelten Pappkisten hockte er sich hin.

Einer der beiden Männer blaffte: »Ich hab' dir gesagt, wir müssen ...«

»Wir müssen die hier wegschaffen«, unterbrach ihn der andere, dessen knurrende Stimme Sackowitz auf Anhieb wiedererkannte.

Meyer.

»Lass' sie hier!«, meinte der erste, vermutlich Kenners.

»Ich lass' sie nicht hier. Hast du eine Ahnung, welchen Wert sie hat?«

»Davon hast du nichts, wenn du im Knast sitzt.«

»Soweit wird es nicht kommen.«

»Die Bullen waren bei dir!«

»Nicht nur bei mir!«

»Und wenn schon, wir sollten —«

»Wir sollten sie auf jeden Fall mitnehmen!«

Dann waren Schritte zu hören. Die beiden Männer entfernten sich.

Langsam richtete sich Sackowitz auf.

Von wem hatten die Männer geredet? Von einer Leiche? Ecksteins Leiche?

Wir sollten sie auf jeden Fall mitnehmen!

Vorsichtig lugte er um die Ecke.

Die Kiste, die etwas aus der gestapelten Wand herausragte, bemerkte er zu spät.

Er stieß mit der Schulter dagegen.

Mit einem lauten Poltern stürzte die Wand in sich zusammen.

FÜNFUNDZWANZIG

Jamina jagte den Passat über die Avus stadtauswärts.

Der Tacho zeigte mehr an, als erlaubt war, aber sie konnte nicht langsamer.

Die alten Tribünen schossen an ihr vorbei.

In der Dunkelheit wirkten die verwitterten Sitzplätze wie üble Gestalten, die ihr nachstarrten.

Alles schaut nach einer Entführung aus.

Immer wieder ertappte sie sich dabei, wie sie in den Rückspiegel blickte.

Aber was erwartete sie dort zu sehen?

Einen Schatten, der sie verfolgte? Eine Lösung für das Chaos in ihrem Kopf? Ein Mittel gegen ihre Angst?

Liz und dieser Typ, die beiden …

Allein bei der Vorstellung, dass ihre Tochter mit diesem Kerl, einem Drogendealer, zusammen war, wollte Jamina nur noch schreien.

Aber so niederschmetternd das Wissen darum war – das war jetzt nicht *das,* worüber sie sich ihr Hirn zermartern musste.

Wurdest du in letzter Zeit bedroht? Erpresst? Gab es andere Zwischenfälle im Dienst?

Natürlich hatte es Vorfälle gegeben, Handgreiflichkeiten bei Verhaftungen, Beschimpfungen im Gerichtssaal, aber sosehr sie sich auch bemühte, ihr fiel nichts ein, was eine Entführung von Liz' rechtfertigte.

Wenn es tatsächlich eine Entführung war, werden sich die Entführer bei dir melden.

Sie versuchte sich zu beruhigen, auf Kalkbrenner und Muth zu vertrauen.

Beide waren erfahrene Kollegen, gute Ermittler.

Dennoch, Jamina wurde ihre Angst nicht los. Und ihre Wut.

Aber die Wut war besser als die Panik, die sie verrückt zu machen drohte.

»Verdammt, Liz«, murmelte sie, ihre Finger so fest um das Lenkrad verkrampft, dass sie fast schmerzten.

Dann griff sie nach ihrem Handy und wählte Hannahs Nummer.

Nach zwei Signaltönen ertönte die Stimme von Liz' Freundin aus der Freisprecheinrichtung: *Hallo, hier ist Hannah. Ihr könnt mir eine Nachricht hinterlassen, vielleicht rufe ich zurück.*

Im Hintergrund war ein Wispern zu hören, ein Kichern.

Jamina glaubte, die Stimme ihrer Tochter zu erkennen.

»Ich bin's, Stark, Liz' Mutter«, nur mit Mühe konnte sie ihren Zorn unterdrücken. Aber die Furcht, die blieb, klang kaum besser. »Es geht um heute Mittag. Es ist dringend. Ruf' mich —«

Eine Hupe dröhnte neben ihr, weil ihr Wagen leicht nach links schlingerte.

Mit einem Ruck zog sie das Steuer zurück auf die Spur. »Ruf' mich zurück«, beendete sie ihren Satz und trennte die Verbindung.

Sie presste die Lippen aufeinander und kämpfte dagegen an, nicht erneut Hannah anzurufen.

Vor ihr tauchten die Lichter Potsdams auf.

Die Straßen durch die Stadt schienen sich endlos zu ziehen, und trotz der abendlichen Stille, die inzwischen allerorts eingekehrt war, konnte sie ihre innere Unruhe nicht abschütteln.

Dann endlich erreichte sie Bornim, ein kleines Örtchen im Speckgürtel Potsdams – erst das Bürgerhaus, dann der Sportverein und das Backsteingebäude der Evangelischen Kirche.

Ein vertrauter Anblick, der sie aber ebenfalls nicht beruhigen konnte.

Außerdem klingelte ihr Handy.

Es war nur Oswald.

Kurz war sie nicht sicher, ob sie abheben sollte. »Ja, Benedikt?«

»Und?«, fragte ihr Kollege. »Was ist mit Liz?«

»Keine Ahnung.«

»Was soll das heißen?«

»Sie ist weg.«

»Wie – weg?«

Jamina schluckte. »Sie wurde entführt.«

»Herrgott, von wem?«

»Ich weiß es nicht.«

»Warum?«

»Ich weiß es nicht.«

»Aber es muss doch –«

»Verdammt, Benedikt!«, blaffte Jamina. *»Ich weiß es nicht!«*

Für einen Moment blieb Oswald still.

»Tut mir leid«, murmelte sie, als ihr klar wurde, dass ihre Wut sich gegen den Falschen richtete.

Und dass sie auch nicht einmal mehr zornig auf ihre Tochter war.

Nur noch auf sich selbst, weil sie Liz erlaubt hatte, allein nach Berlin zu fahren.

Sie ist fünfzehn!

Aber Liz hatte sie überredet.

Jamina hatte ihr vertraut.

Du weißt doch, wie Teenager sind.

Doch jetzt war alles falsch. Alles falsch.

»Was ist mit Eckstein?« hörte sie sich fragen, um sich abzulenken.

»Ich bitte dich, Jamina, vergiss Eckstein.«

»Habt ihr –«

»Du hast gerade ganz andere Sorgen. Ich gebe Dr. Salm Bescheid, dass du vorerst zu Hause bleibst.«

Sie schwieg beklommen.

»Wenn du Hilfe brauchst, lass' es mich wissen.«

»Danke.« Sie legte auf.

Kurz darauf erreichte sie die Hugstraße und bremste vor der 22.

Am Straßenrand waren etliche Autos geparkt, doch alle standen leer und verlassen.

Die Kollegen, die Muth angekündigt hatte, waren noch nicht da.

Jaminas Blick suchte ihr Haus – ein kleiner Neubau, zwei Etagen, nichts Erhabenes, dennoch etwas zum Wohlfühlen.

Vor zwölf Jahren war sie hergezogen, Liz damals noch ein kleines Kind, weil das Viertel im Speckgürtel Potsdams ruhig gelegen war, überschaubar und friedlich.

Und weil sie hier der Vergangenheit hatte entfliehen wollen.

Jamina berührte die Narbe an ihrem Arm und wurde das beklemmende Gefühl nicht los, dass sie alles wieder eingeholt hatte.

Obwohl es nicht kalt im Wagen war, fröstelte sie.

Noch einmal überlegte sie, wer oder was der Grund sein konnte, weshalb Liz entführt worden war.

Irgendetwas, was ihr im Dienst widerfahren war.

Oder privat.

Aber da war nichts, nicht einmal Liz' Vater, ein

Unsympath vor dem Herrn, von dem Jamina schon seit vielen Jahren getrennt lebte. Liz hatte ebenso wenig Kontakt zu ihm.

Wieso also sollte er jetzt plötzlich seine eigene Tochter entführen?

Nein, das ergab keinen Sinn.

Verdammt, wer waren die Entführer dann?

Verzweifelt starrte Jamina zum Haus.

Und was, wenn sie sich nicht melden?

Sie blickte die ruhige Straße rauf und runter – noch immer war von den Kollegen weit und breit nichts zu sehen.

Sie zögerte, dann startete sie den Motor, wendete den Wagen und gab wieder Gas.

SECHSUNDZWANZIG

Sackowitz stand wie erstarrt.

Dann hörte er die Schritte, die sich ihm rasch näherten – und die hektischen Stimmen.

»Scheiße«, rief Meyer, *»was ist das?«*

»Das sind die Kisten!«, brüllte Kenners. *»Die Kisten!«*

Endlich wirbelte Sackowitz herum. Er rannte los, vorbei an den Kisten, Paletten, vermoderten Stoffballen, die plötzlich wie Hindernisse vor ihm aus dem Boden zu wachsen schienen.

Verzweifelt irrte Sackowitz' Blick von einer Seite zur anderen, als ihm klar wurde, dass er in die falsche Richtung gelaufen war – weg von der bröckelnden Wand, weg von dem Loch in die Freiheit.

Stattdessen stolperte er durch einen Durchgang in eine weitere, ungleich kleinere Halle, in deren Finsternis sich noch mehr Kisten und Regale meterhoch auftürmten.

»Da muss einer sein«, hörte er Meyer hinter sich rufen.

»Wer sollte hier sein?«, schrie Kenners. *»Es weiß doch keiner von der Halle!«*

Sackowitz' Herz schlug wie wild, während er an den Regalen vorbeihastete, mal nach links in einen Gang, mal nach rechts, aber egal in welche Richtung er lief, ständig schien sich ein neuer, düsterer Irrweg aufzutun.

»Die Kisten kippen doch nicht einfach um!«, blaffte Meyer.

»Ich hab' dir immer gesagt«, erwiderte Kenners, *»irgendwann kippt der alte, verschimmelte Scheiß mal um.«*

Sackowitz hetzte um eine Ecke. Irgendetwas griff nach seinen Beinen. Er stolperte, stürzte um ein Haar zu Boden.

Seine Hände suchten Halt, fanden einen Stapel aus Kartons.

Deren Pappe war dünn, gab unter seinen Fingern nach. Der Turm wankte bedrohlich.

Japsend ließ er davon ab, strauchelte erneut, wankte rückwärts.

Er stieß gegen eine Palette voller Orientteppiche, deren modriger Gestank ihm seinen ohnehin schon knappen Atem zu rauben drohte.

Mach' schon!

Mit einem Keuchen zwängte er sich in den engen Spalt zwischen Palette und Wand, raffte ein, zwei Teppiche über sich, duckte sich so tief wie möglich unter deren muffigen Stoffe.

Der Gestank war kaum auszuhalten.

Doch Sackowitz wagte nicht mehr, Luft zu holen.

Er hörte, wie die Schritte näherkamen.

»Hab' ich dir doch gesagt«, Kenners lachte, »hier ist niemand.«

»Dass du noch lachen kannst«, maule Meyer.

»Soll ich etwa heulen?«

»Ach, leck mich!«

»Jetzt?«, fragte Kenners.

Meyer schnaubte. »Hast du's dem Eckstein auch so besorgt?«

»Bist du etwa eifersüchtig?«

»Hab' andere Sorgen.«

Wieder stieß Kenners ein Lachen aus. »Bist du selbst schuld, die Aktion heute Abend hättest du dir —«

»Ja, ist ja gut«, meckerte Meyer. »Lass' uns verschwinden!«

»Und was ist jetzt mit …«

»Später!«

Die beiden Männer entfernten sich.

Noch immer hielt Sackowitz die Luft an, rührte sich nicht vom Fleck, auch nicht, als Meyer und Kenners nicht mehr zu hören waren.

Erst als das Eingangstor mit einem Knall ins Schloss fiel, sog er endlich wieder Atem ein.

Er hörte die Kette rasseln, die das Tor verriegelte.

Kurz darauf sprang ein Motor an, Reifen drehten durch, ein Wagen raste davon.

Trotzdem blieb Sackowitz noch eine Weile liegen, wartete darauf, dass sein Herzschlag und sein Atem sich wieder normalisierten.

Erst nach Minuten schob er die schweren Teppiche von

sich, richtete sich zögerlich auf, blickte sich vorsichtig in der Finsternis um, als würde er erwarten, dass sofort ein Licht entflammte und die beiden Männer diabolisch grinsend vor ihm standen.

Aber nichts geschah.

Also mühte er sich aus seinem Versteck und taumelte hinüber in die andere Halle.

Dort war das Licht inzwischen wieder ausgeschaltet.

Für eine Weile lauschte er in die Stille.

»Hallo?«, flüsterte er dann.

Niemand, der ihm antwortete.

»Hallo?«, rief er.

Keine Reaktion.

»Herr Eckstein?«

Nichts.

Er kramte sein Handy hervor, aktivierte deren Taschenlampenfunktion und leuchtete damit im Kreis.

Wir sollten sie auf jeden Fall mitnehmen!

Rasch lief er in der Halle umher, aber egal, in welche Ecke er blickte, da war niemand, weder tot noch lebendig.

Verwundert suchte er nach dem Loch in der Wand, durch das er sich vorhin in die Halle geschlichen hatte.

Es dauerte eine gefühlte Ewigkeit, bis er den Ausgang endlich fand.

Draußen schlug ihm die laue Nachtluft ins Gesicht.

Erleichtert atmete er mehrmals ein und aus.

Diesmal stürzte er zu Boden, als er erneut über die umgekippte Mülltonne stolperte.

Er ignorierte den Schmerz in seinem Knie, rappelte sich auf und lief weiter bis zur Vorderseite der Halle.

Der BMW war verschwunden, und mit ihm die Antwort auf alle Fragen, die Sackowitz beschäftigten.

Von wem zum Teufel hatten Kenners und Meyer gesprochen? Wo hielten sie Eckstein gefangen?

Auf seinem Weg zurück zum Polo wurde ihm klar, dass die ganze Anstrengung heute Abend für die Katz gewesen war.

Und prompt hatte er wieder ein schlechtes Gewissen.

»Leonie«, sagte er, als er in den Wagen steigen wollte, »jetzt …« Seine Stimme erlahmte.

Seine Tochter war weg.

SIEBENUNDZWANZIG

In der Grubenstraße hielt Jamina vor einem der kleinen Häuschen.

Hinter den meisten Fenstern herrschte bereits Dunkelheit, einzig in der ersten Etage brannte in zwei Zimmern noch Licht.

Du weißt, wie wir in solchen Situationen verfahren.

Verdammt, natürlich wusste Jamina darüber Bescheid, aber der Gedanke, zu Hause zu sitzen und zu warten, erschien ihr unerträglich.

Warten bedeutete nichts tun. Und nichts tun würde sie sich nie verzeihen.

Sie atmete einmal durch, dann stieg sie aus.

Noch immer war es warm, der Duft von frisch gemähtem Gras lag in der Luft.

Auf ihr Klingeln hin drangen gedämpft Stimmen aus dem Haus.

Hannahs Mutter, die etwas rief.

»Ich geh' schon«, antwortete Hannah.

Kurz darauf öffnete sie die Tür. »Oh«, machte sie, eine jähe Mischung aus Überraschung und Nervosität im Gesicht. »Frau Stark.« Unwillkürlich blickte sie zurück ins Haus.

»Hallo Hannah.«

»Hallo Frau Stark«, wiederholte Hannah und begann, an der Kordel ihres Hoodies zu zupfen.

Jamina schwieg.

Hannahs Blick huschte erneut ins Hausinnere.

Unterdessen begann im Nachbargarten ein Hund zu bellen. Ein Kläffen antwortete von der anderen Straßenseite. Ansonsten lag das Viertel still. Nur in wenigen Häusern brannte noch Licht.

»Wir müssen reden«, sagte Jamina.

Hannahs Stimme war kaum mehr als ein Flüstern. »Wieso?«

»Meinst du das ernst?«

»Ich —«

»Was ist da heute in Berlin vorgefallen?«

»Ich weiß nicht —«

»Verdammt, Hannah!«

Erschrocken wich das Mädchen einen Schritt zurück. Bevor sie etwas erwidern konnte, erklangen Schritte im Flur hinter ihr.

»Wer ist denn da?«, fragte Hannahs Mutter, die im Türrahmen auftauchte. »Ach, Frau Stark, guten Abend.«

»Guten Abend, Frau Mroznek.«

Verwundert blickte die Mutter auf die Uhr. »Es ist schon spät. Ist alles in Ordnung?«

»Liz ist weg«, sagte Jamina, ohne Hannah aus den Augen zu lassen.

Hannah schien verwirrt.

Auch ihre Mutter runzelte die Stirn.

»Sie wurde entführt«, fügte Jamina hinzu.

Hannahs Finger blieben an der Kordel ihres Hoodies hängen.

»Oh mein Gott«, stieß ihre Mutter hervor.

»Deshalb möchte ich kurz mit Hannah reden«, sagte Jamina, während sie weiterhin das Mädchen fixierte.

»Ist sie auch in Gefahr?«, fragte die Mutter hastig. Ihre Hände fanden Hannahs Schulter, als wolle sie sie vor einem unsichtbaren Feind beschützen.

»Nein«, beeilte sich Jamina zu sagen. »Nein, keine Sorge.«

Dennoch wirkte die Mutter nicht überzeugt.

»Aber die beiden waren ja heute auf dem Konzert«, erklärte Jamina.

Die Mutter nickte. »Ja, das stimmt.«

»Ich würde gerne wissen, ob Hannah dort etwas aufgefallen ist.«

»Ist dir?«, fragte die Mutter.

Hannah schüttelte den Kopf, aber ihre Nervosität war nicht zu übersehen. Wieder friemelte sie an der Kordel ihres Shirts.

»Vielleicht könnte ich kurz alleine mit Hannah reden?«, schlug Jamina vor.

Der Mutter schien nicht wohl bei dem Gedanken.

»Bitte!«, drängte Jamina. »Es geht um Liz, meine Tochter.«

Hannahs Mutter zögerte, dann willigte sie schließlich ein, wenn auch widerwillig. Sie trat zurück ins Haus.

Jamina wartete, bis sich ihre Schritte entfernt hatten. Dabei sah sie unverwandt Hannah an. »Wo seid ihr heute Abend gewesen?«

»Wir waren auf dem Konzert.«

»Wart ihr nicht!«

»Doch, wir —«

»Verdammt, Hannah!«

Beklommenes Schweigen breitete sich zwischen ihnen aus.

Das Kläffen der Hunde war verstummt, nur das entfernte Surren eines Autos zu hören.

»Wissen deine Eltern, wo du tatsächlich warst?«, hörte sich Jamina fragen. »Und was vorgefallen ist?«

Entsetzt erwiderte Hannah ihren Blick.

»Vielleicht sollte ich mit ihnen reden«, fügte Jamina hinzu, nicht wirklich stolz darauf, aber verdammt, es war, wie sie gesagt hatte.

Es geht um Liz.

Hannah murmelte etwas, kaum hörbar.

»Wie bitte?« Jamina trat einen Schritt näher.

»Wir waren doch nur kurz da.«

»Bei wem?«

Wieder gab Hannah keinen Ton von sich.

»Bei wem?«

Sie zuckte zusammen.

»Hannah«, nur mühsam unterdrückte Jamina ihre Wut, »ich weiß, dass Liz mit diesem Toni Buczak zusammen war.«

Hannahs betretenes Schweigen war Antwort genug.

»Seit wann kannte sie ihn?«, hakte Jamina nach.

Hannah schien mit sich zu ringen. »Schon ... schon eine ganze Weile.«

»Wo hat sie ihn kennengelernt?«

»Auf einem Konzert.«

»Warum hat sie mir nichts erzählt?«

»Sie sind Polizistin!«

»Nein«, fast hätte Jamina gelacht, »nein, weil er euch Drogen vertickt!«

»Doch nur was zu rauchen.«

»Das sind keine Drogen, oder wie?«

Hannah blickte zur Seite, wie ein Schulkind, das beim Schummeln ertappt worden war.

»Und überhaupt, seit wann kifft Liz?«

Hannahs Schultern sackten nach unten. »Nur ab und zu.«

Jamina seufzte. »Und heute Nachmittag, da wart ihr auch bei diesem Toni.«

Hannah nickte. »Er wollte mit zum Konzert.«

»Aber dazu ist es nicht gekommen.«

»Ja, plötzlich … plötzlich wurde er angegriffen.«

»Von wem?«

»Das weiß ich nicht.«

»Weil du abgehauen bist.«

»Ich hatte Angst.«

»Und du hast Liz alleine gelassen!«

Wieder hüllte sich Hannah in Schweigen, das schwerer lastete als zuvor.

Jamina sog scharf Luft ein. »Habt ihr gewusst, was dieser Buczak so macht? Womit er zum Beispiel sein Geld verdient?«

»Er hat gemeint, er macht Großhandel.«

»Ja klar«, diesmal lachte Jamina tatsächlich, aber es lag wenig Freude in ihrer Stimme, »Großhandel – Drogen, Diebesgut, Schmuggelware, so was!«

Bestürzt sah Hannah sie an. »Das … das hat er nicht gesagt.«

»Und gemerkt habt ihr auch nichts?«

»Nein.«

»Verdammt, der Typ ist kriminell.«

Hannahs Hände zuckten nervös an der Kordel ihres Hoodies.

»Und ganz offensichtlich hat er sich mit den falschen Leuten angelegt. Und jetzt … jetzt wurde Liz entführt!«

Hannahs Blicke flackerte.

»Hannah«, Jamina senkte ihre Stimme, »wenn du also etwas weißt, egal was, dann *musst* du es mir sagen.«

Eine Träne rann über Hannahs Wange. »Aber …«, ihre Stimme zitterte, »aber ich weiß doch nichts.«

Jamina seufzte. »Wo finde ich diesen Toni?«

ACHTUNDZWANZIG

Hektisch ließ Sackowitz seinen Blick über die Straße irren, als würde sich seine Tochter irgendwo in den Schatten zwischen den Bäumen und Büschen dort verbergen.

Nur ein kleiner Spaß, versuchte er sich zu beruhigen. *Geschieht dir ganz recht.*

»Leonie?«, rief er.

Sie antwortete nicht.

Er drehte sich um die eigene Achse, einmal, zweimal.

»Leonie!«

Keine Reaktion.

»Leonie, das ist nicht witzig!«

Nichts.

»Leonie!«, schrie er. *»LEONIE!«*

Stille.

Sein Blick raste zurück zur Fabrikhalle. War es möglich, dass –

Nein!

Trotzdem stieg Panik in ihm hoch.

War es möglich, dass Meyer und Kenners seine Tochter entdeckt hatten? Hatten sie Leonie verschleppt? So wie sie Eckstein entführt hatten?

Aber warum?

»Scheiße!«, fluchte er, während er noch einmal zu der Halle blickte.

Dort drinnen war kein Eckstein gewesen.

Wo hielten sie ihn gefangen? Wohin hatten sie Leonie gebracht?

»Scheiße!«

Mit zitternden Händen kramte er sein Handy hervor, brauchte mehrere Anläufe, bis er es entsperrt hatte.

Endlich wollte er den Notruf tippen.

In dieser Sekunde vernahm er ein Geräusch – Schritte, fast nicht zu hören, nur ein kaum merkliches Knirschen auf dem Kies.

Dann eine Stimme, so vertraut: »Papa?«

Mit einem erleichterten Keuchen wirbelte er herum. *»Leonie!«*

Aus der Dunkelheit trat seine Tochter hervor, ihre Hände in den Taschen ihrer Jacke, ihre Haltung lässig, fast gelangweilt.

Laternenlicht streifte ihr Gesicht.

Sie ließ einen Kaugummi platzen. »Was ist denn los?«

Sackowitz starrte sie an wie eine Erscheinung. *»Leonie!«*

Sie blieb vor ihm stehen. »Äh, ja?«

»Wo ... wo zum Teufel hast du gesteckt?«

Sie zuckte mit den Schultern, als sei nichts gewesen. »Bei den Pferden dahinten.« Sie deutete in die Richtung der Koppel, an der sie vorhin vorbeigefahren waren.

Verzweifelt rang Sackowitz mit den Händen, dann ließ er sie wieder fallen.

Natürlich, die Pferde.

Und seine Erleichterung wich der Wut. »Himmel, Leonie, habe ich dir nicht gesagt, du sollst im Auto bleiben?«

»Ja, hast du.«

»Und du hast mir versprochen, dass du dich nicht vom Fleck rührst!«

»Nee, hab' ich nicht.«

»Scheiße, Leonie –«

»Du sollst nicht so reden!«, grinste sie.

»Das ist nicht witzig!«, fuhr er sie an.

Ihr Grinsen erstarb. »Glaubst du, ich find' das alles witzig?«

»Es hätte weiß Gott was passieren können.«

Trotzig erwiderte sie seinen Blick. »Dann lass' mich halt nicht alleine hier sitzen.«

»Das ist doch wohl ...« Seine Stimme erlahmte.

Er schloss die Augen, atmete ein und aus.

»Lass' uns fahren«, sagte er dann und wollte in den Polo steigen.

Leonie dagegen blieb stehen. »Und wohin jetzt?«

Plötzlich fühlte er sich nur noch müde. »Endlich nach Hause.«

NEUNUNDZWANZIG

Jamina jagte den Wagen wieder über die Autobahn.

Die Ruhe Potsdams wich zunehmend dem grellen Licht Berlins.

Ihr Blick blieb starr auf die Straße gerichtet. Die Müdigkeit in ihrem Nacken pochte, doch die Gedanken in ihrem Kopf ließen sie nicht zur Ruhe kommen.

Liz wurde entführt.

Am Kottbusser Tor herrschte trotz der späten Stunde das übliche Gewusel der Kulturen und Gestalten.

Kurz darauf bog sie in die Lachmannstraße.

Als sie am Hohenstaufenplatz die zugedröhnten Junkies in der Dunkelheit hocken sah, machte sich augenblicklich Furcht in ihr breit, noch mehr, als sie ohnehin schon verspürte.

Vor der Nummer 4 parkte sie in einer engen Einfahrt.

Für einige Minuten behielt sie die Straße im Blick, ohne dass sie etwas bemerkte – weder einen Wagen mit Typen, die verdächtig herumlungerten, noch ein Zivilfahrzeug, das auf Kalkbrenners Anwesenheit hindeutete.

Einzig am Bordstein glaubte sie einen Blutfleck zu erkennen, der im Laternenlicht fahl glänzte.

Worauf wartest du?

Sie gab sich einen Ruck und stieg aus.

Während sie auf den restaurierten Altbau zuhastete, stieg ihr von den Imbissbuden am Kottbusser Damm der Duft von Kebab in die Nase, der sich mit dem Gestank von Müll und den Feuern aus dem Park mischte.

Ihr wurde fast übel davon.

Laut Klingelschilder wohnte *Buczak* in der zweiten Etage.

Es dauerte, bis sich auf ihr Klingeln hin eine genervte Stimme aus dem Lautsprecher meldete. »Scheiße, was denn?«

»Kriminalpolizei, machen Sie bitte auf.«

»Ich wüsste nicht, was ich –«

»Aufmachen, bitte!«

Nichts geschah.

Jamina wollte bereits bei den Nachbarn klingeln, als doch noch der Summer ertönte.

Das Treppenhaus war typisch – abgetretene Fliesen, der Lack an den Geländern abgeblättert. Ein Papiermülleimer unter den Briefkästen quoll über, ein Kinderwagen stand schief in einer Ecke.

In der zweiten Etage wartete Buczak, seine rechte Hand mit weißer Mullbinde bandagiert.

Jamina hielt ihren Dienstausweis hoch. »Wir müssen reden.«

»Wie gesagt«, Buczak lächelte, »ich weiß nichts.«

Nur mit Mühe widerstand Jamina ihrer plötzlichen Wut.

War es sein Auftreten, das sie aufregte – jung, attraktiv, mit einem selbstsicheren Lächeln? Oder war es die Vorstellung, dass Liz mit ihm zusammen gewesen war, und sie als Mutter nichts davon erfahren hatte?

»Reden wir drinnen«, sagte sie.

»Scheiße, Mann, sind Sie taub, oder was?«

»Nein!« Noch ehe Buczak reagieren konnte, tat Jamina einen Schritt in die Diele.

Mit der Schulter rempelte sie ihn an.

»Scheiße«, schimpfte er, während er rückwärts gegen die Wand stolperte, »was soll denn das?«

Wortlos marschierte Jamina einfach weiter.

Sie warf einen Blick in die Küche, deren glänzende, schwarze Fronten und die Marmor-Arbeitsplatte einen kostspieligen Eindruck erweckten.

Buczak eilte ihr nach. »Das dürfen Sie nicht!«

Im Schlafzimmer standen ein großes, nicht minder teures Bett und ein Einbauschrank, dessen verspiegelte Türen den Raum größer wirken ließen.

»Scheiße, Mann, Sie können hier nicht einfach –« Er brach ab, als Jamina zu ihm herumwirbelte.

Der ganze Luxus, den er unverhohlen zur Schau stellte, machte sie nur noch zorniger – und dass sich Liz offenkundig davon hatte blenden lassen. Anders konnte und *wollte* sich Jamina das alles nicht erklären.

Sie stutzte, als sie hinter der geschlossenen Badezimmertür das Rauschen der Dusche vernahm. Getrieben von einer jähen Hoffnung, stürzte sie darauf zu.

»Hey«, schrie Buczak, *»das —«*

Da stieß sie bereits die Tür auf und sah durch den Dampf, der im Badezimmer waberte, eine zierliche Gestalt hinter der Duschscheibe. *»Liz!«*

Mit einem erschrockenen Schrei wirbelte das Mädchen herum.

Es war nicht Liz.

»Scheiße, Mann«, fluchte Buczak, »was soll das?«

Jamina drehte sich um, trat an ihm vorbei und lief weiter ins Wohnzimmer. Ein großes, cremefarbenes Ledersofa bildete das Zentrum, flankiert von einem Glastisch, darauf ein Aschenbecher, Kippen, eine Tüte mit Dope, ein Gaming-Controller.

An der gegenüberliegenden Wand hing ein riesiger Flachbildfernseher.

»Also was?«, knurrte Buczak.

Jamina atmete tief durch. »Stehst du auf junge Mädchen?«

»Sie ist achtzehn.«

»Erzähl keinen Scheiß!«

»Scheiße, Mann, was —«

»Und was ist mit Liz?«

»Wer?«

»Lass' den Scheiß!«

»Was wollen Sie überhaupt?«

»Toni!«, das Mädchen lugte zur Badezimmertür heraus, »ich hab' kein Handtuch.«

»Im Schlafzimmer«, knurrte Buczak.

»Kannst du es mir nicht –«

»Hol's dir selbst!«

Das Mädchen blickte zu Jamina, ehe es seine Blöße notdürftig mit den Händen bedeckte und hinüber ins Schlafzimmer huschte.

Jamina behielt Buczak im Blick. »Hat Liz es gewusst?«

»Scheiße, was?«

»Dass du sie nur benutzt?«

»Ich wüsste nicht, was Sie das angeht!«

»Und ob es mich etwas angeht!«

Buczak runzelte die Stirn. »Scheiße, Mann … Sie sind Liz' Mutter.« Er lachte auf. »Die besorgte Mama!«

»Und ob ich –«

»Aber keine Sorge«, grinste er, »sie ist bei mir in guten Händen.«

In der gleichen Sekunde donnerte Jamina ihm ihre Faust mitten ins Gesicht. Rücklings stürzte er zu Boden.

Das Mädchen, das gerade in Shorts und Shirt aus dem Schlafzimmer kam, schrie auf.

Alle Anspannung, Verzweiflung und Wut dieses Tages platzten aus Jamina heraus. »Wo ist Liz?«, zischte sie, während sie sich über Buczak beugte.

»Scheiße, Mann!« Ächzend hielt er sich seine Nase. Blut troff zwischen seinen Finger hervor. »Haben Sie sie noch alle?«

»Wo ist Liz?«

»Sie ticken doch nicht richtig!«

»Wo ist Liz?« Jaminas Faust raste auf Buczaks blutiges Gesicht zu.

Er zuckte zurück. »Was … was weiß ich denn.«

»Sie war hier bei dir!«

»Jetzt … jetzt ist sie nicht mehr hier!«

»Wo ist sie?« Jaminas Faust berührte Buczaks lädierte Nase.

»Scheiße«, heulte er auf, »ich … ich weiß es nicht.«

»Mit wem hast du dich angelegt?«

»Mit niemandem«, stieß Buczak hervor, einen Tick zu schnell.

»Und das da?« Jamina packte seine bandagierte Hand und drückte fest zu. »War das auch – *niemand?«*

Er jaulte vor Schmerz. *»Scheiße, Scheiße, hören Sie auf!«*

Jamina presste noch einmal zu, ehe sie die Hand endlich losließ.

»Scheiße, Mann«, wimmernd rieb sich Buczak die Hand, »was … was sollen die Fragen überhaupt?«

»Liz ist verschwunden«, presste Jamina hervor. »Sie wurde entführt.«

Buczak erstarrte. »Was?«

»*Entführt!*«, schrie Jamina ihn an.

»Scheiße«, er zögerte, erneut einen verräterischen Tick zu lang, »davon weiß ich nichts.«

»*Wer hat sie entführt?*« Wieder hob Jamina ihre Faust.

Er duckte sich zusammen. »Ich … «, keuchte er, »ich hab' keine Ahnung.«

Jamina erkannte die Angst, die plötzlich in seinen Augen flackerte. Eine Angst, die jedoch nicht ihr und ihrer Faust galt. »Vor wem hast du Angst?«

Viel zu hektisch schüttelte er den Kopf. »Vor niemandem!«

»Lüg mich nicht an.«

»Scheiße, das —«

»*Jetzt sag schon!*«

»Nein, das … das geht nicht.«

»*Verdammt*«, wutentbrannt holte Jamina aus, »*du —*«

»*Jamina!*«, erscholl Kalkbrenners Stimme. »*Hör sofort auf damit!*«

Nur mit Mühe hielt sie sich zurück. Ihr Blick ging in die Diele.

Nach wie vor stand dort die Wohnungstür offen.

Kalkbrenner eilte herein. »Jamina!« Hinter ihm erschien Muth. »Hör auf!«

Endlich ließ sie ihre Faust sinken.

»*Scheiße, Mann*«, heulte Buczak, während er sich seine blutende Nase hielt, »*die … die spinnt doch!*«

Kalkbrenner ignorierte ihn. »Jamina, was zum Teufel soll das hier?«

Sie deutete auf Buczak. »Er weiß, wer Liz entführt hat!«

»Die hat sie nicht mehr alle«, jammerte er.

Erneut ging Kalkbrenner nicht auf ihn ein. »Du weißt, dass du hier nichts zu suchen hast.«

»Hast du gehört, was ich gesagt habe?«, fragte Jamina.

Buczak wimmerte. *»Sie hat mir die Nase —«*

»Jetzt halten Sie mal den Mund!«, fiel Kalkbrenner ihm ins Wort. Mit zorniger Miene fixierte er Jamina. Für einen Moment schien er um Worte zu ringen.

Es war Muth, die meinte: »Besser, du gehst jetzt nach Hause.«

»Aber —«

»Jetzt sofort!«, blaffte Kalkbrenner.

DREIßIG

Sackowitz nahm die Autobahn zurück nach Berlin.

Neben ihm hielt Leonie ihren Blick stumm aus dem Fenster gerichtet.

Immer wieder schaute er zu ihr, doch sie ignorierte ihn.

Und Himmel, ja, sie hatte allen Grund dazu, sauer auf ihn zu sein.

Er selbst war es auch.

Dann lass' mich halt nicht alleine hier sitzen.

Was zum Teufel hatte er sich bloß heute gedacht? Wie weit war es mit ihm gekommen?

Als er über die Karl-Marx-Allee in Richtung Kreuzberg fuhr, hielt er es nicht länger aus. »Leonie, das alles heute … das tut mir leid.«

Statt einer Antwort schmatzte Leonie demonstrativ auf ihrem Kaugummi.

»Aber ich mach' das wieder gut.«

Sie ließ den Kaugummi platzen.

»Wirklich«, fügte er hinzu, »das verspreche ich dir.«

Ihr beharrliches Schweigen machte ihm seine nächste Bitte umso schwerer. »Und weißt du, es wäre nett, wenn du Mama nichts davon erzählst.«

Leonie drehte ihr Gesicht zu ihm. Ihre Augen funkelten finster im Licht einer Straßenlaterne.

»Sie würde sich nur aufregen«, fügte er hinzu.

»Ja«, flüsterte Leonie, und ihre Antwort konnte alles oder nichts bedeuten.

Zum Beispiel: *Ja, sie würde sich aufregen!*

Aber auch: *Ja, zurecht!*

Mit einem Gähnen schaute sie wieder zum Fenster raus.

Längst hatten sich die Restaurants und Kneipen geleert, nur vereinzelt waren noch Passanten unterwegs.

Auch auf den Straßen herrschte kaum Verkehr.

Es dauerte nicht lange, da bogen sie in seine Straße.

Er brauchte umso länger, bis er einen freien Parkplatz fand.

»Und wegen Bizzard …«, sagte er, froh, dass er sich diesmal richtig an den Namen ihres Pflegepferdes erinnerte. »Natürlich würde ich ihn gerne sehen.«

Er manövrierte den Polo in die Parklücke.

»Vielleicht könnte ich morgen Mittag mal …« Er schaute zu seiner Tochter. »Leonie?«

Ihr Kopf war an die Fensterscheibe gesunken, ihr Atem ging ruhig.

Sie war eingeschlafen.

Sackowitz betrachtete sie eine Weile, erst dann schaltete er den Motor aus und lehnte sich zurück.

Allein der Gedanke daran, sie hoch in die dritte Etage zu tragen, ließ seinen Rücken protestieren.

Mit einem leisen Seufzen griff er nach seinem Handy und wählte eine Nummer.

Es klingelte zweimal. »Hast du eine Ahnung, wie spät es ist?«, polterte Gesing.

»Hast du schon geschlafen?«

»Nein, aber —«

»Dann ist doch alles gut.«

»Was willst du?«

»Ich brauche mehr Informationen über Kenners.«

»Jetzt?«, kam Gesings ungläubige Antwort.

»Nein, aber was habt ihr über ihn in euren Daten-banken? Vorstrafen und so.«

»Mensch, Hardy!«

»Und wenn du schon dabei bist«, fuhr Sackowitz fort, »schau doch mal, was du über einen gewissen Meyer herausfinden kannst. Kenners' Freund, mit dem er zusammenwohnt.«

»Das kostet dich aber mindestens hundertfünfzig.«

»Himmel, Hans, das ist . . .«

». . . der Nachtzuschlag.« Gesing lachte. »Ja oder nein?«

Erschöpft kniff Sackowitz die Augen zusammen. »Mach' es einfach, okay?«

Gesing legte auf.

Sackowitz' Blick wanderte hoch zu den Fenstern seiner Wohnung in der dritten Etage.

Er seufzte erneut.

Aber Leonie zu wecken, kam nach dem heutigen Abend ganz sicher nicht infrage.

Irgendwie würde er es schon schaffen, sie nach oben zu tragen.

Und dann?

Dann würde er sich an seinen Rechner setzen, seinen Artikel schreiben und hoffen, dass alles zu Pelzers Zufriedenheit war.

Dann sind Sie ja überflüssig.

Er gähnte. Vielleicht wurde er tatsächlich langsam zu alt für den Scheiß.

»Rede nicht so«, murmelte er.

EINUNDDREISSIG

Voller Wut fuhr Jamina zurück nach Potsdam.

Nur am Rande bekam sie mit, wie sie von einer Temposäule geblitzt wurde, aber das kümmerte sie nicht.

Nur eines war von Belang: *Er weiß, wer Liz entführt hat.*

In der Hugstraße angekommen, schaltete sie den Motor ab und blieb erneut im Wagen sitzen.

Unverändert lag ihr Haus still und dunkel in der Nacht.

»Verdammt!« Sie schlug auf das Lenkrad, einmal, zweimal, ein drittes Mal. *»Verdammt, verdammt!«*

Neben ihrem Wagen tauchte eine Gestalt auf.

Erschrocken wich sie vor dem Mann zurück, bis sie ihn in der Finsternis erkannte – zerknitterte Bundfaltenhose, zerbeultes Jackett und ungekämmtes graues Haar. Einzig sein Schnauzbart war wie immer tadellos gepflegt.

Jamina atmete erleichtert durch, dann stieg sie aus.

»Äh, hallo Jamina«, sagte Sebastian Berger, Kriminalhauptkommissar und Kalkbrenners Kollege. Er deutete auf eine jüngere Frau, die noch am Bordstein stand. »Das ist, äh …«

»Kathrin«, kam ihm die Kollegin zu Hilfe.

»Ja«, Berger nickte, »nun, Paul hat uns geschickt, weil –«

»Ich weiß, warum ihr da seid!« Jamina schritt voran ins Haus.

Drinnen deutete sie den Flur entlang. »Da findet ihr das Wohnzimmer.«

»Nun, also«, verlegen rieb sich Berger seinen Bart, »dann würden wir –«

»Ja«, unterbrach Jamina ihn erneut.

Du weißt, wie wir in solchen Situationen verfahren.

Berger schien etwas erwidern zu wollen, verzichtete dann aber darauf. Er bedeutete Kathrin, ihm ins Wohnzimmer zu folgen.

Für einen Moment blieb Jamina alleine im Flur zurück, nicht sicher, was sie als Nächstes tun sollte.

Ihren beiden Kollegen ins Wohnzimmer folgen und mit ihnen warten?

Worauf?

Kurzerhand erklomm sie die Treppe nach oben.

Dabei warf sie einen Blick auf ihr Handy, als erwartete sie, dass sie einen Anruf verpasst hatte – von Kalkbrenner, von Liz, von ihren Entführern, egal von wem, Hauptsache überhaupt ein Anruf, eine Nachricht, ein Lebenszeichen, das ihren Zorn und ihre Angst etwas linderte. Aber es hatte niemand angerufen.

Wieder verging eine Weile, in der sie auf ihr Telefon starrte, als könnte sie es nur durch ihren Blick zum Klingeln bewegen.

Dann betrat sie Liz' Zimmer, in dem das übliche Chaos herrschte.

Du weißt doch, wie Teenager sind.

Auf dem Boden lag ein Knäuel aus Kleidung – T-Shirts, Hoodies, Hosen, Socken, alles achtlos durcheinandergeworfen.

Jamina hob alles auf, schaute es sich an, griff in die Taschen, fand aber nichts, was ihr irgendwie weiterhalf.

Wobei sie nicht einmal wusste, wonach genau sie suchen sollte.

Sie räumte die Sachen in den Kleiderschrank.

Dort hingen noch mehr Hosen und Hoodies – und zwei Shirts, aufreizend knapp, das eine von Supreme, das andere von Prada.

Beide hatte Jamina noch nie gesehen.

Was auch für die Unterwäsche galt, die sie in einer der Schubladen der Kommode entdeckte – Strings von Agent Provocateur.

Verdammt, seit wann besaß Liz solche teuren Klamotten? Und wie hatte sie sich das Zeug leisten können? Hatte sie es sich überhaupt selbst gekauft?

Mit einem mulmigen Gefühl schloss Jamina die Schublade.

In der nächsten fand sie Ketten und Ringe. Einige erkannte sie, andere nicht. Manchen sahen ziemlich kostspielig aus.

Waren es Geschenke gewesen? Von diesem – *Buczak*?

Und was hatte er *dafür* von Liz verlangt?

Allein bei dem Gedanken daran bekam Jamina es wieder mit der Wut.

Sie presste die Zähne zusammen, widmete sich der letzten Schublade – darin ein Feuerzeug, Zigaretten und eine Tüte mit Haschisch.

Jaminas Handys klingelte, viel zu laut und schrill in der Stille des Hauses.

Vor Schreck ließ sie sogar den Haschischbeutel fallen.

Hastig griff sie nach ihrem Telefon, voller Hoffnung, dass es Kalkbrenner war, der ihr mitteilen wollte, dass Buczak geredet hatte, dass Liz gefunden worden war, dass alles wieder gut werden würde.

»Jamina?«, erscholl Bergers Stimme von unten.

Es war Elli, deren Nummer auf dem Display leuchtete.

»Nur eine Freundin«, rief Jamina, die weder Kraft noch den Wunsch besaß, mit ihr zu reden.

Als das Läuten verstummte, trat Jamina vor Liz' Schreibtisch. Über dem Stuhl hing eine Jacke, darunter ein Sportbeutel, der halb geöffnet war. Ein Turnschuh ragte aus dem Beutel, der andere lag daneben, die Schnürsenkel zerfranst.

Auf dem Tisch türmten sich Bücher, einige mit Eselsohren, leere Verpackungen von Müsli-Riegeln, eine zerknüllte Chips-Tüte und ein halb gefülltes Glas Wasser.

Daneben ein Laptop, der Bildschirm schwarz, das Ladekabel hing über die Kante des Tisches.

Eine Schublade war halb herausgezogen, daraus quollen zerknitterte Notizzettel und farbige Marker, Flyer von Partys und Clubs.

Manche kannte Jamina, andere hatte Liz nie erwähnt.

Jamina schaltete den Laptop ein.

Der Bildschirm flammte auf, der Hintergrund zeigte Liz und Hannah vor ihrer Schule, lachend und die Finger zum V.

Jamina hatte das Bild schon so oft gesehen, aber jetzt plötzlich kam es ihr seltsam fremd vor.

Mit einem Klick öffnete sie den Desktop, überflog die Ordner – Schule, Fotos, Musik.

Sie zögerte, ehe sie sich Liz' E-Mails vornahm – eine schier endlose Liste mit Nachrichten von Freundinnen, Lehrern, aus dem Tanzstudio, der Musikschule, automatisierte Benachrichtigungen von Netflix, Amazon, Zalando, Primark.

Knappe, amüsierte, wütende Nachrichten von Klassenkameradinnen über Schulaufgaben.

Ein Lehrer, der an eine anstehende Abgabe erinnerte.

Eine Nachlese zum Konzert der Musikschule im letzten Jahr.

Rabattangebote für Schuhe.

Nichts stach heraus, nichts ließ Jamina innehalten, nur eine Flut von Banalitäten, die sie mit jedem Klick mehr frustrierte.

Sie nahm sich die Fotos vor – eine Galerie aus unzähligen Miniaturbildern.

Auf den meisten strahlte Liz der Kamera entgegen, umringt von Mädchen, ihre Gesichter zu Grimassen verzogen.

Jamina erkannte die meisten – Freundinnen, Klassenkameradinnen, Nachbarskinder.

Sie fand Schnappschüsse aus der Pause, von Verabredungen in der Stadt, Konzerten, Schulausflügen.

Alles wirkte so normal, so harmlos – so falsch.

Jamina studierte jede einzelne Aufnahme nach einer Unstimmigkeit.

Stattdessen stieß sie auf die Fotos von ihrem Besuch in Disneyland vor drei Jahren.

Auf einem der Bilder trug Liz ein Minnie-Maus-Haarreif, hielt ein zuckriges Churro in der Hand und grinste über beide Ohren. Im Hintergrund ragte das Disneyschloss mit seinen spitzen Türmchen in einen strahlend blauen Sommerhimmel.

Jamina spürte, wie sich ihr Blick trübte.

Sie schloss die Augen, atmete durch, dann scrollte sie weiter.

Doch immer wieder nur dasselbe: Freundinnen, Klassenkameraden, Normalität.

Nirgendwo ein Hinweis darauf, wer Liz entführt haben könnte.

Oder einen Grund, warum.

Resigniert sank Jamina auf das Bett.

Eine Hälfte der Matratze war mit zerknitterten Kleidungsstücken und Handtüchern bedeckt, die andere Seite schien notdürftig freigeräumt, als hätte Liz sich in letzter Sekunde entschieden, sich hinzulegen.

Die Bettdecke war halb heruntergerutscht, das Kissen lag schief.

Auf dem Nachttisch lagen eine Haarbürste, zerfledderte Schminkutensilien, ein zerbrochener Kajalstift und ein Deodorant.

Erst jetzt roch Jamina den Duft ihrer Tochter, ein süßer, vertrauter Geruch. Sie verspürte einen Stich, während sie auf das Wandposter starrte, eine schillernde Fotografie, die Alessandra Ferri zeigte, eine berühmte, moderne, italienische Ballett-Tänzerin – und das Relikt einer jüngeren Liz, die einst von einer eigenen Ballettkarriere geträumt hatte.

Aber das war lange her.

Längst war Ballett out, stattdessen Techno-Partys angesagt, einzig Liz' Schlüsselanhänger, die kleine Plastikfigur einer Balletttänzerin, erinnerte noch an ihren damaligen Traum.

Wie von selbst ging Jaminas Blick zum Schrank, hinter dessen Türen sich die teuren Klamotten und der Schmuck befanden.

Verdammt, wovon träumte Liz heutzutage?

Und warum hatte sie nichts erzählt?

Minutenlang ließ Jamina ihren Blick durch das Zimmer kreisen, als würde sie, wenn sie nur lang genug hinsah, doch noch eine Antwort finden.

Auf dem Fensterbrett standen eine leere Teetasse und ein kleiner Topf mit einem vertrockneten Kaktus.

Eine Packung mit Haarspangen lag umgekippt.

Ein zerbrochener Bilderrahmen, das Foto darin halb aus der Halterung gerutscht.

Ansonsten war da nichts.

Nur die Stille im Haus, die Jamina zu erdrücken drohte.

Nicht einmal Berger und Kathrin unten gaben einen Laut von sich.

Wieder spürte Jamina, wie Tränen in ihr hochstiegen.

Wahrscheinlich war dies der Lauf der Dinge: Eben noch war Liz ein Teil von ihr gewesen, jetzt hatte sie ihr eigenes Leben – und Geheimnisse.

Jamina konnte nichts anderes tun, als zu warten.

Verdammt, wo ist Liz?

ZWEIUNDDREIßIG

Wo bin ich?, fragte sich Liz, als sie in der Dunkelheit erwachte.

In ihrem Kopf pochte ein stechender Schmerz.

Stöhnend schloss sie wieder die Augen, presste die Zähne aufeinander und wartete, dass das Stechen in ihrem Schädel sich etwas beruhigte.

Irgendwann blinzelte sie, wartete erneut, diesmal darauf, dass ihre Augen sich an die Finsternis gewöhnten.

Doch da war nichts, was sie zu erkennen begann, weder ein schwacher Streifen Licht noch graue Schemen irgendwelcher Möbel – nur völlige Schwärze um sie herum.

Sie lag auf etwas Kaltem, einem harten Steinboden, der obendrein modrig roch, wie in einem alten, verwahrlosten Kellerraum.

»Hallo?« Ihre Stimme war dünn, schwach, schien von der Dunkelheit verschluckt zu werden.

Wo zum Teufel bin ich?

Sie versuchte sich zu entsinnen, was zuletzt geschehen war.

Sie hatte sich mit Hannah und Toni in der Stadt verabredet, sie waren auf dem Weg zu ihm gewesen, aber dann war da dieser Typ mit dem Messer aufgetaucht, dieses Arschloch – wie war noch gleich sein Name gewesen?

Egal!

Danach war sie von den Polizisten zur Vernehmung aufs Präsidium gekarrt worden. Kurz hatte sie gehofft, dort auf ihre Mutter zu treffen, was sicher vieles leichter gemacht hätte, aber natürlich war dies nur ein frommer Wunsch gewesen.

Hinterher hatte sie das Dezernat verlassen dürfen und war ... *ja was?*

Was auch immer dann passiert war, sie konnte sich nicht erinnern.

Sie räusperte sich. »Hallo?«, sagte sie, jetzt lauter. »Ist da jemand?«

Aber da war niemand, der ihr antwortete.

»Hey, mach' doch mal das Licht an!«

Keinerlei Reaktion.

»Scheiße«, fluchte sie, »was soll das hier sein? Ein Witz?«

Natürlich, versuchte sie sich zu beruhigen, *natürlich kann das nur ein Witz sein!*

Aber nach Lachen war ihr nicht zumute.

»Hey«, rief sie, zunehmend wütender, *»wir haben alle mal gelacht, jetzt hört auf.«*

Nur Stille.

»Das ist wirklich nicht mehr witzig!«

Nichts.

»Scheiße«, brüllte sie, *»es reicht!«*

Sie wartete einige Sekunden, ohne dass etwas geschah.

In ihren Zorn mischte sich plötzlich Unbehagen.

Und was, wenn das kein Witz ist?

Aber verdammt, was sollte es sonst sein?

Vorsichtig richtete sie sich auf, lauschte noch einmal in die Finsternis.

Dann kroch sie auf allen Vieren, streckte dabei die Hände aus, tastete den kalten Boden ab und erwartete dabei jeden Augenblick, dass irgendjemand sie berührte, lauthals auflachte, das Licht einschaltete und dem Scherz ein Ende bereitete.

Ja, es *musste* ein Scherz sein, es konnte gar nichts anders.

Aber das Einzige, was sie zu fassen bekam, war kaltes, raues Gestein – eine Wand.

Langsam tastete sie sich daran entlang.

Schon bald gelangte sie zu einer Ecke, kurz darauf zur nächsten – der Raum schien nicht sonderlich groß zu sein, vielleicht drei Meter im Quadrat, wenn überhaupt.

Dann glaubte sie Holz zu spüren.

Eine Tür!

Ihr Herz tat einen freudigen Satz.

Freudig drückte sie mit beiden Händen dagegen, doch die Tür bewegte sich keinen Millimeter.

Sie suchte nach einer Klinke – ebenso vergeblich.

Prompt erlosch ihre Hoffnung.

Ihre Wut kehrte zurück. *»Hallo?«* Sie schlug mit der Faust gegen die Tür. *»Ist da jemand? Hallo!«*

Keine Antwort.

»Verdammt!«, fluchte sie und hämmerte noch fester auf die Tür ein, *»was soll der Scheiß?«*

Nur Stille.

»Lass' mich hier raus!« Voller Wucht hieb sie gegen die Tür. *»Lass' mich raus! Sofort!«*

Nichts.

Keuchend hielt sie inne. Ihre Hand schmerzte. Aber das kümmerte sie nicht.

Verdammt, warum antwortete ihr niemand? Wo war sie hier? Und überhaupt, was sollte das alles?

Also ob du nicht weißt!

Sie weigerte sich jedoch, zu akzeptieren, wollte stattdessen fest daran glauben, dass es sich tatsächlich nur um einen Spaß handelte, einen saublöden Spaß, den sich jemand mit ihr erlaubte, weil sie –

Ein Geräusch erklang, draußen, gedämpft, als wäre etwas umgefallen.

Liz wagte nicht zu atmen, lauschte nach einem weiteren Laut.

Aber da war nichts mehr, und plötzlich war sie sich nicht mehr sicher, ob sie überhaupt etwas gehört oder es sich nur eingebildet hatte.

Egal!

Sie schlug gegen die Tür. *»Hallo!«* Und noch einmal. *»Ich bin hier drin! Bitte!«*

Niemand, der kam.

»Hilfe!« Sie hämmerte gegen die Tür, bis ihre Handflächen brannten. *»Hilfe! Hier!«*

Nichts.

Nur Stille. Und die Dunkelheit.

Und die Erkenntnis, die sie wie ein Schlag traf.

Du bist gefangen.

Ekel-Fund im Promi-Restaurant:

Fernsehkoch tot?

Von Hardy Sackowitz

Berlin. Gestern Abend verging den Gästen im Promi-Restaurant *Bernhard's* der Appetit – im Salat lagen zwei menschliche Finger. Sie gehörten dem Restaurantbetreiber und berühmten Fernsehkoch Bernhard Eckstein, von dem jetzt jede Spur fehlt.

Über die Hintergründe hüllen sich die leitenden Ermittler nach wie vor in Schweigen, aber unbestätigten Quellen zufolge gibt es bereits einen Verdächtigen – offenbar einen Ex-Geliebten, der die Trennung von Eckstein nicht überwunden haben soll. »Er war ziemlich angepisst«, so ein Zeuge, der namentlich nicht genannt werden möchte.

Ein anderer Zeuge erklärte, Eckstein, der eigentlich in einer festen Beziehung lebt, habe häufiger wechselnde Affären gehabt. »Er hat ständig allen an die Wäsche gewollt.«

Waren die zwei Finger, die im Salat gefunden wurden, tatsächlich die Folge einer Eifersuchtstat? Was ist danach mit Eckstein geschehen? Seine Fans sind in großer Sorge: Ist er noch am Leben?

DREIUNDDREISSIG

Jamina stolpert durch einen schier endlosen Wald, der sich mit jeder Bewegung dichter um sie schließt.

Die Äste sind wie Finger, die nach ihr greifen, ihr das Gesicht zerkratzen, ihre Kleidung zerreißen.

Überall sind Stimmen, wispernd, schreiend, lachend.

»Liz!«, ruft Jamina und läuft schneller, doch plötzlich klafft vor ihr ein Abgrund auf, schwarz und bodenlos.

Sie stürzt und –

Sie erwachte mit einem Schrei.

Das Herz pochte ihr wild in der Brust.

Nur ein Traum, versuchte sie sich zu beruhigen, *das war nur ein Albtraum.*

Trotzdem blickte sie sich hektisch um, für Sekunden völlig desorientiert.

Der Raum war hell, weil draußen der Tag erwacht war.

Außerdem brannte nach wie vor das Licht in Liz' Zimmer.

Jaminas Blick irrte über die vertrauten Wände, das Ballettposter, das Durcheinander auf dem Schreibtisch und am Boden, und ihr wurde klar, dass nichts ein Traum gewesen war.

Der Albtraum war Wirklichkeit.

Liz wurde entführt.

Jamina fühlte sich hundeelend.

Nach wie vor schlug ihr Herz, ihre Haut klebte vom Schweiß. Noch immer trug sie die Klamotten vom Vortag.

Verdammt, wann war sie eingeschlafen?

Sie erinnerte sich: Gestern Abend hatte sie aufstehen, ins Wohnzimmer gehen und dort gemeinsam mit ihren beiden Kollegen warten wollen – worauf auch immer.

Die Aussicht auf ein mögliches, belangloses Geplänkel hatte sie davon abgehalten.

Stattdessen war sie auf dem Bett ihrer Tochter sitzen geblieben.

Hier hatte sich genauso gut warten lassen, außerdem hatte sie die Nähe zu Liz gesucht, auch wenn diese nur ein blasser, chaotischer Schatten war.

Sie hatte noch einmal das Zimmer durchsucht, den Schrank, die Schubladen, den Laptop, jeden Ordner, die Fotos.

Doch da war noch immer nichts gewesen, keine Spur, kein Hinweis, gar nichts.

Jetzt griff sie zu ihrem Handy – aber auch dort keine verpassten Anrufe, keine Nachrichten.

Sie ließ das Telefon sinken, schloss die Augen.

Für einen Moment wollte sie einfach nur hier liegen bleiben, den Tag ignorieren, sich in ihrem Schmerz und ihrer Verzweiflung suhlen.

Aber das hilft Liz nicht weiter!

Also stemmte sie sich empor und zwang sich nach unten. Ein starker Kaffee würde vielleicht weiterhelfen, zumindest einstweilen.

Auf der Wohnzimmercouch schnarchte Berger.

Kathrin saß ihm gegenüber und las ein Buch. Sie blickte auf. »Guten Morgen.«

Jamina bemerkte die Selters-Flasche und das halbvolle Glas auf dem Tisch. »Entschuldige«, sagte sie, »ich … ich habe euch gestern Abend gar nichts angeboten.«

»Ach was, schon okay.« Kathrin winkte ab. »Ich hoffe, es war in Ordnung, dass wir uns selbst was genommen haben.«

»Natürlich« Jamina deutete zur Küche. »Ich mache Kaffee. Ihr auch?«

»Ob *er* was will«, Kathrin deutete auf Berger, der noch immer schnarchte, »keine Ahnung, aber ich sehr gerne.«

Jamina ging in die Küche und setzte eine Kanne mit Kaffee auf.

Während die Maschine gurgelte, eilte sie hoch ins Bad, wo ihr aus dem Spiegel eine übernächtigte, blasse, elende Frau entgegenstarrte.

Rasch unterwarf sie sich einer Katzenwäsche.

Bis sie das entfernte Klingeln ihres Handys vernahm.

»Jamina«, hörte sie Kathrin von unten rufen, *»dein Telefon!«*

Schon wirbelte Jamina herum, hastete die Treppe hinunter, nahm drei Stufen auf einmal.

Sie stolpert, griff nach dem Geländer, hielt sich gerade noch auf den Beinen, rannte weiter, auf Kathrin zu, die im Flur stand und ihr das läutende Telefon reichte.

Jamina riss es an sich und – sie stöhnte vor Enttäuschung auf.

Wieder war es Elli, die anrief.

»Äh«, machte Berger, der völlig verschlafen aus dem Wohnzimmer schlurfte, »wer ist es?«

»Bloß ... bloß eine Freundin.«

Berger gab ein verstimmtes Brummen von sich, ehe er mit Kathrin zurück ins Wohnzimmer ging.

Nach wie vor klingelte Jaminas Handy.

Sie zögerte, dann nahm sie den Anruf entgegen. »Ja?

»Jamina?«

»Elli ...«

»Ist alles in Ordnung?«

»Es ist –«

»Du klingst so ... komisch.«

»Liz wurde entführt.« Die Worte waren draußen, noch ehe Jamina darüber nachdenken konnte.

»Wie?«, fragte Elli. »Entführt?«

»Entführt«, wiederholte Jamina.

»Oh Gott, Jamina, ist das ... ist das wahr?«

»Klingt es nach einem Scherz?«

»Nein, natürlich nicht, entschuldige, nur … ich weiß gar nicht, was ich sagen soll.«

Worauf Jamina auch nichts zu erwidern wusste.

»Warum?«, wollte Elli wissen. »Warum ausgerechnet Liz?«

»Ich … ich weiß es nicht.«

»Und was machst du nun?«

»Ich warte«, sagte Jamina. »Ich weiß nicht, was ich sonst tun soll.«

»Soll ich kommen?«, bot Elli ihr an.

Jaminas Blick fand zu Berger und Kathrin, die auf der Couch hockten.

»Ich kann sofort losfahren«, fügte Elli hinzu, »kein Problem, ich nehme mir frei und –«

Es klingelte an der Tür.

Jamina stürmte in die Diele.

Draußen standen Kalkbrenner und Oswald.

VIERUNDDREIßIG

Der schrille Ton seines Weckers riss Sackowitz aus einem unruhigen Schlaf.

Einen Moment lag er reglos da, die Augen geschlossen, und versuchte sich an seinen Traum zu erinnern, aber die wirren Bilder hatten sich ihm bereits wieder entzogen.

Und wahrscheinlich war das sogar besser so.

Noch immer schlaftrunken tastete er nach seinem Handy und checkte die aktuellen Nachrichten.

Sein Bericht, den er in der Nacht noch geschrieben hatte, war online.

Ekel-Fund im Promi-Restaurant: Fernsehkoch tot?

Die Schlagzeile war schlicht, aber effektiv.

Der Artikel war sicher nicht sein bestes Werk, würde aber seinen Zweck erfüllen; Fragen, Andeutungen, genug, um die Aufmerksamkeit der Leser zu fesseln.

Ob Pelzer, sein Chefredakteur, damit zufrieden sein würde, stand auf einem anderen Blatt, aber das ließ sich nicht mehr –

Die Webseite verschwand, stattdessen ging ein Anruf ein.

Pelzer.

Sackowitz ächzte.

Wenn man vom Teufel spricht.

Kurz überlegte er, ob er den Anruf annehmen sollte.

Aber Pelzer zu ignorieren, schien ihm keine gute Wahl.

»Morgen, Herr Pelzer.«

»Herr Sackowitz«, kam Pelzer, selbst zu früher Stunde im Optimierungswahn, sofort auf den Punkt, »ich vermisse Ihren Bericht über die Clan-Kriminalität.«

»Ja, weil ich ihn nicht geschrieben habe.«

»So viel habe ich begriffen. Aber warum?«

»Weil es keinerlei Anzeichen ...«

»Es gab einen Messerangriff!«

»... auf eine Clan-Auseinandersetzung gab.«

»Tatsächlich?«

»Da war wirklich nichts, was die Berliner bewegt.« Noch während er die Worte seines Chefs mit einem leicht sarkastischen Unterton zitierte, verfluchte Sackowitz sich selbst.

Aber er hatte sich die Bemerkung einfach nicht verkneifen können.

»Na gut«, knurrte Pelzer verärgert. »Aber am Fall Eckstein bleiben Sie dran.«

»Natürlich.«

»Andernfalls gehe ich davon aus, dass Sie ...« Den Rest sprach Pelzer auch diesmal nicht aus.

Dann sind Sie ja überflüssig.

Er legte einfach auf.

»Aber klar doch, Herr Sackowitz, vielen Dank«,

brummelte Sackowitz, »dass Sie Ihren Artikel noch zu nachtschlafender Zeit geschrieben haben, Ihr Artikel war nicht schlecht, Herr Sackowitz, er bringt uns sicher einige Leser, vielen Dank.«

Stöhnend richtete er sich auf, weil sein Rücken ihn an die Anstrengungen des gestrigen Abends erinnerte. Dass er zu guter Letzt auch noch Leonie in die dritte Etage hatte hochtragen müssen, war zu viel des Guten gewesen.

Vorsichtig mühte er sich aus dem Bett.

Im kleinen Schlafzimmer, das er für seine Kinder eingerichtet hatte, blieb er in der Tür stehen.

Für einen Moment betrachtete er Leonie, die noch immer schlief.

Und wie sie so dalag, verträumt in ihre Decke eingewickelt, wirkte sie auf ihn wieder wie das kleine Kind, das er einst in seinen Armen hatte wiegen können.

Er verspürte einen Stich, und plötzlich schämte er sich für gestern Abend, für die letzten Monate, Jahre, für seine Versäumnisse, die er –

»Was stehst du denn da so rum?«, kam ein dumpfes Murmeln unter der Decke hervor.

»Guten Morgen, Kü …« Gerade rechtzeitig hielt er inne.

Trotzdem ließ Leonie ein Murren hören. »Nenn mich nicht so.«

»Zeit zum Aufstehen.«

Mit einem widerwilligen Laut schob sie die Decke weg, stand auf und schlurfte an ihm vorbei ins Bad.

Er wollte ihr nach, weil er auf Toilette musste, doch sie schloss ihm die Tür vor der Nase zu.

Drinnen begann die Dusche zu rauschen.

Unverrichteter Dinge ging er hinunter in die Küche, stellte die Pfanne auf den Herd, schlug ein paar Eier auf und legte Brot in den Toaster.

Als sich Leonie wenig später mit feuchten Haaren und einem missmutigen Gesichtsausdruck an den Tisch setzte, stellte er ihr das Rührei mit Brot hin. »Extra für dich.«

Sie murmelte etwas, das wie ein *Danke* klang.

»Lass’ es dir schmecken«, sagte er und eilte auf Klo.

Dort stieg ihm der süße Duft ihres Parfüms in die Nase.

Nicht zum ersten Mal fragte er sich, wann sie so erwachsen geworden war – und warum er davon nichts mitbekommen hatte.

Als ob du die Antwort nicht weißt!

Beim Frühstück versuchte er erneut, eine Unterhaltung anzustoßen. »Noch einmal zu Bizzard.«

Leonie zuckte mit den Schultern und pickte mit der Gabel in ihrem Rührei herum.

»Ich würde ihn wirklich gerne mal sehen.«

»Vielleicht«, schmatzte sie und schob sich ein Stück Brot in den Mund.

Als sie fertig waren, schnappte er sich seine Jacke, während Leonie ihren Rucksack holte.

Dann machten sie sich auf den Weg zurück nach Wilmersdorf.

Der Berufsverkehr war wie jeden Morgen eine Plage.

Autos stauten sich an jeder Ampel, Radfahrer schoben sich durch enge Lücken, und Fußgänger hasteten bei Rot über die Straßen.

Leonie schwieg während der Fahrt.

Erst als sie in die Straße zur Schule einbogen, hob sie plötzlich den Kopf. »Da«, sagte sie und deutete nach links.

»Was?«

»Da«, wiederholte sie und zeigte auf eine kleine Parkanlage. »Das da ist Bizzard.«

Sackowitz folgte ihrem Finger und entdeckte eine Wiese mit einer Koppel. Vier Pferde standen darauf, ihre Schatten in der Frühlingssonne lang und schlank. »Ich habe nicht gewusst, dass hier ein Pferdestall ist.«

»Ist er aber.«

»Mitten in der Stadt.«

»Ich bin nachher wieder dort.«

Sackowitz nickte, ließ seinen Blick noch einmal über die Tiere schweifen, ohne zu erkennen, welches davon womöglich Bizzard war. Aber er hatte Leonies Botschaft verstanden. »Dann komme ich vorbei, okay?«

»Ja.«

Kurz darauf hielt er vor der Schule.

Autos fuhren vor, Kinder stürmten heraus – ein einziges Gewusel.

Die Schulglocke erklang, als Leonie ihre Tür öffnete.

»Bis heute Mittag«, sagte Sackowitz, wollte ein *Küken* hinterherschieben, ließ es aber gerade noch bleiben.

Leonie schien es ihm anzumerken. Immerhin, sie grinste. »Bis später.«

Sie hüpfte aus dem Wagen, winkte einer Freundin und verschwand mit ihr auf dem Schulhof.

Sackowitz blieb noch einen Moment stehen, hoffte, dass sie sich noch einmal umdrehte, ihm ein kurzes Winken oder ein Lächeln schenkte, ein Zeichen, dass sie ihm den gestrigen Abend nicht mehr übelnahm.

Aber sie verschwand im Schulgebäude, ohne zurückzuschauen.

Enttäuscht wollte Sackowitz den Motor starten, als sein Handy klingelte. »Ja, Hans?«

»Du wolltest doch was zu diesem Meyer wissen, oder?«, fragte Gesing.

»Was hast du?«

»Hast du das Geld?«

»Ich überweise es dir gleich.«

»Nein, jetzt.«

»Himmel, Hans, ich sitze gerade im Auto.«

»Dann fahr rechts ran.«

Sackowitz unterdrückte einen Fluch. »Warte.« Rasch erledigte er die Überweisung. »Rück raus damit!«

»Er kennt diesen Buczak«, sagte Gesing.

»Buczak?«, wiederholte Sackowitz verwirrt.

»Ja, Buczak, der gestern fast niedergestochen wurde.«

»Du meinst diesen Angriff in Kreuzberg gestern Abend?« Sackowitz dachte kurz nach. *Clan-Kriminalität.* »Was hat dieser Buczak mit Meyer zu tun?«

»Woher soll ich das wissen?«, maulte Gesing. »Frag ihn doch selbst.«

Genau das hatte Sackowitz vor.

FÜNFUNDDREIßG

Mit wachsendem Unbehagen starrte Jamina ihre Kollegen an.

Beide strahlten auf erschreckende Weise zugleich Betroffenheit und berufliche Routine aus – eine Mischung, die Jamina nur zu gut kannte, schließlich war sie selbst schon oft genug in dieser Situation gewesen.

Sie hatte an Türen klingeln müssen, mit einer Hiobsbotschaft im Gepäck.

»Jamina?«, ertönte Ellis Stimme wie aus weiter Ferne.

Erst jetzt wurde Jamina bewusst, dass sie immer noch ihr Handy in der Hand hielt. Wie in Trance führte sie es sich ans Ohr. »Ich …«

»Was ist denn los?«

»Ich ruf' dich an.« Sie legte auf, schaute wieder zu ihren Kollegen. Ihre eigene Stimme war ihr plötzlich fremd. »Ist Liz …«

»Mein Gott, nein«, beeilte sich Oswald zu sagen. »Nein«, er hob die Hände, und erst jetzt bemerkte Jamina seinen obligatorischen To-go-Becher, aus dem Ingwertee schwappte, *»deswegen* sind wir nicht hier.«

»Wisst ihr inzwischen, wer sie entführt hat?«

»Dürfen wir hereinkommen?«

»Jetzt sagt schon!«

»Lass' uns bitte drinnen reden.«

Auch diese Worte waren Jamina vertraut, weil sie sie ungezählte Male schon ausgesprochen hatte – nur hatte sie bis zu diesem Moment heute nicht gewusst, nicht einmal geahnt, wie sehr sie tatsächlich an den Nerven verzweifelter, besorgter, verängstigter Angehöriger zerrten.

Zügig schritt sie voran ins Wohnzimmer, in dem sich Berger und Kathrin inzwischen vom Sofa erhoben hatten.

»Guten Morgen«, grüßte Kalkbrenner die beiden.

»Morgen, Paul«, schnaubte Berger.

»Morgen«, meinte Oswald, »hat sich –«

»Nein«, fuhr ihm Jamina ungeduldig ins Wort, »es hat sich niemand gemeldet, aber warum seid *ihr* jetzt hier?«

Oswald zögerte, wechselte einen Blick mit Kalkbrenner.

Dieser nickte.

»Es scheint, wir haben eine erste Spur«, sagte Oswald.

»Eine *vage* Spur«, korrigierte Kalkbrenner.

Erwartungsvoll wechselte Jaminas Blick zwischen den beiden hin und her.

»Wollen wir uns nicht erst einmal setzen?«, schlug Oswald vor und nahm auf dem Sofa Platz.

Auch Berger und Kathrin ließen sich wieder nieder.

Jamina dagegen schüttelte den Kopf.

Alles in ihr sträubte sich gegen den Gedanken, jetzt auch

nur für eine Sekunde stillzusitzen – geschweige denn in so einer scheinbar vertraulichen Runde hier mit ihren Kollegen.

Allein der Anblick von Oswald, wie er auf dem Sofa saß, an seinem Becher nippte und dabei den Eindruck erweckte, als könnte kein Sturm der Welt ihn erschüttern, versetzte sie sofort in Rage.

Nur mühsam hielt sie sich davon ab, die Fäuste zu ballen.

Falls Kalkbrenner es ihr anmerkte, ging er nicht darauf ein. Er blieb allerdings ebenfalls stehen. »Du erinnerst dich an Meyer?«

Die Frage irritierte Jamina. »Meyer?«

»Mein Gott«, warf Oswald ein, »der Typ von der versifften Imbissbude gestern Abend, der Freund von Konrad Kenners, der wiederum eine Affäre mit Promi-Koch Bernhard Eckstein hatte.«

»Natürlich erinnere ich mich an ihn, aber was hat der –«

»Das Messer, das wir in seiner Spüle fanden – damit wurden, anders als wir vermutet haben, nicht Ecksteins Finger im *Bernhard's* amputiert, sondern dieser Buczak vor seiner Wohnung angegriffen.«

Was Jamina noch mehr verwirrte. »Das heißt, dieser Meyer …«

»… hat damit auf Buczak eingestochen, richtig«, beendete Oswald ihren Satz.

Jamina ließ es sich durch den Kopf gehen, aber nach wie vor begriff sie nicht wirklich. »Und warum hat Meyer das gemacht?«

»Die Spurensicherung hat seinen Imbiss gestern Abend noch auseinandergenommen«, überging Oswald ihre Frage, »und dort, unter der Theke, ein Drogenversteck entdeckt – überwiegend Haschisch und Pillen. Wie es scheint, hat Meyer seinen Imbiss für deren Verkauf genutzt.«

»Ich verstehe nur Bahnhof«, sagte Jamina.

»Äh«, machte Berger, »ich auch.«

Oswald nickte, als überraschte ihn das nicht. »Offenbar war Meyer lange Zeit ziemlich dicke mit Buczak.«

»Buczak?«, wiederholte Jamina.

»Na, der Freund deiner …«

»Er war nicht ihr Freund!«

»Okay, ja, aber was ich sagen wollte: Meyer kannte Buczak, bis dieser ihn um eine Menge Kohle geprellt hat. Das hat Meyer ihm wohl ziemlich übel genommen: erst sein, nun ja, wenig erfolgreicher Angriff gestern Nachmittag …«

»… und später dann Liz' Entführung«, sagte Jamina, die endlich zu erkennen glaubte, wie sich die Puzzleteile zu einem wenig angenehmen Bild zusammenfügten. »Ihr glaubt also, dieser Meyer hat meine Tochter entführt?«

»Herrgott, ja«, Oswald nickte, »zumindest wäre es eine

Erklärung dafür, warum er gestern Abend vor uns geflohen ist.«

»Also nicht wegen der Sache mit Kenners und Eckstein?«

»Um ehrlich zu sein«, ergriff Kalkbrenner wieder das Wort, »bereitet mir genau *diese* Frage einiges an Kopfzerbrechen. Denn wie passt Ecksteins Verschwinden mit Liz' Entführung zusammen?«

»Vielleicht gar nicht«, sagte Oswald. »Vielleicht ist beides nur zufällig zur gleichen Zeit geschehen.«

»Reiner Zufall wäre Zufall«, grummelte Kalkbrenner.

»Wie auch immer«, winkte Jamina unwirsch ab, »habt ihr eine Spur von diesem Meyer?«

»Leider nein«, bedauerte Oswald, »seit seiner Flucht vor uns gestern Abend ist er abgetaucht.«

»Und Kenners?«

»Der auch.«

»Was ist mit Buczak?«, fragte Jamina.

Oswald sah sie verwirrt an. »Was soll mit dem sein?«

»Du hast gesagt, *er* war dicke mit Meyer.«

»Scheint so, ja.«

»Vielleicht weiß *er*, wo Meyer steckt.«

Kalkbrenner schüttelte den Kopf. »Nein, er hüllt sich beharrlich in Schweigen.«

»Er weiß aber etwas!«

»Zweifellos«, gab Kalkbrenner zu, »aber –«

»Nehmt ihn euch noch einmal vor!«

»... er scheint vor irgendetwas oder -jemanden Angst zu haben.«

»Vor Müller?«

»Vielleicht.«

»Dann macht ihr ihm halt noch mehr Angst!«

»Jamina!«

»Verdammt, es geht um Liz!«

»Natürlich«, sagte Kalkbrenner, »das weiß ich, aber was, glaubst du, sollen wir tun? Ihm die Nase brechen? Seine Kniescheiben zertrümmern?«

Berger schnaubte entrüstet.

»So funktioniert das nicht«, fügte Kalkbrenner hinzu.

Oswald nickte.

Jamina dagegen schwieg.

Kalkbrenner seufzte, als hätte er keine andere Reaktion erwartet. »Du kannst von Glück reden, dass Buczak keine Anzeige gegen dich erstattet hat.«

»Habe ich ihm die Nase gebrochen?«

»Zum Glück nicht.«

»Schade.«

»Herrgott, Jamina«, maulte Oswald, »so etwas kann dir den Job kosten, was hast du dir bloß dabei gedacht?«

»Dass er es verdient hat!«

Was Kalkbrenner mit einem missfälligen Grummeln quittierte.

Jamina sah ihn trotzig an. »Mit anderen Worten – ihr seid noch immer keinen Deut weiter.«

»Nun ja, wir wissen inzwischen von Meyer, Buczak und –«

»Und?«, schnappte Jamina. »Wisst ihr, wo er Liz versteckt hält?«

Kalkbrenner ging nicht darauf ein. »Wir haben einige Fragen an dich.«

»Was denn noch für Fragen?«

»Zu Meyer«, sagte Oswald, »zu Buczak und –«

»Ich kenne sie doch gar nicht.«

»Ja, aber –«

»Das habe ich schon gestern Abend gesagt.«

»Mein Gott«, Oswald ächzte, »seitdem ist eine Nacht vergangen, der erste Schock verdaut – vielleicht ist dir noch etwas eingefallen, was Liz dir über Buczak, Meyer, Kenners erzählt haben könnte.«

»Oder auch über Eckstein!«, bemerkte Kalkbrenner.

Verärgert blickte Jamina die beiden an. »Hört ihr mir nicht zu?«

»Deine Tochter hat diesen Buczak schon eine ganze Weile gekannt«, sagte Oswald. »Möglicherweise haben sie auch Meyer mal getroffen. Vielleicht hat sie das mal beiläufig erwähnt.«

»Nein, sie hat –«

»Denk noch einmal nach!«

»Ich habe —«

»Gottverdammt, du weißt selbst am besten, wie oft Eltern irgendwelchen Dingen ihrer Kinder keine Beachtung schenken.«

»Da war nichts!«

»Kleinigkeiten, die dennoch eine große Bedeutung haben.«

»Paul«, Jamina schluckte ihre Wut hinunter, »was ist mit Liz' Handy, das du gefunden hast?«

»Wir haben ihre Anrufliste geprüft«, erklärte Kalkbrenner, »und bis auf diesen Buczak ist da niemand Auffälliges gewesen.«

»Und ihre Mails? WhatsApp?«

»Nur das Übliche, Verabredungen und so.«

»Und so?«

»Worüber Teenager eben so schreiben.«

»Buczak ist kein Teenager!«

»Anzüglichkeiten halt.«

»Auch Fotos?«

»Jamina ...«

»Verdammt, umso schlimmer!«, blaffte sie, nicht sicher, *was* genau daran noch schlimmer war.

Die Tatsache, dass dieser Buczak und ihre Tochter sich anzügliche Fotos geschickt hatten?

Oder dass ihre Kollegen sich diese angesehen hatten?

Allein bei dem Gedanken wurde ihr übel.

Oswald schien es ihr anzumerken »Herrgott, Jamina, du weißt, wie so etwas läuft, wir müssen nun mal *alles* überprüfen.«

»Auch Jaminas Zimmer«, erklärte Kalkbrenner.

Jamina schüttelte den Kopf. »Da habe ich schon gesucht ...«

»Das hättest du nicht tun dürfen!«

»... da ist nichts.«

»Du hast nicht gewusst, *wonach* du suchen musste.« Kalkbrenner erhob sich. »Darf ich?«

Jamina setzte zum Protest an, aber in der gleichen Sekunde verpuffte ihr Zorn.

Sie nickte, ehe sie sich erschöpft auf die Couch sinken ließ.

Oswald wartete, bis Kalkbrenner zur Treppe verschwunden war. »Jamina, es ist —«

»Schon okay«, ließ sie ihn nicht ausreden.

»Wir dürfen nicht —«

»Ich weiß«, murmelte sie, weil ihr klar wurde, dass Kalkbrenner nicht Unrecht hatte.

Du hast nicht gewusst, wonach du suchen musst.

Schweigend saßen sie beisammen, Jasmina, Oswald, Berger, Kathrin, während sich Minuten wie Stunden zogen.

Bis von oben ein Handyklingeln zu vernehmen war.

Kalkbrenner, der telefonierte.

Kurz darauf kehrte er ins Wohnzimmer zurück. »In der Königsheide wurde ein blauer, fast ausgebrannter Van entdeckt.«

Sofort schlug Jaminas Herz schneller. »Und Liz?«

Statt einer Antwort tippte Kalkbrenner auf seinem Handy. »Im Laderaum des Vans befand sich eine Handtasche, darin eine Geldbörse, ein Schlüsselanhänger – die Plastikfigur einer Balletttänzerin.« Er drehte das Display zu Jamina um, damit sie einen Blick darauf werfen konnte. »Gehören die Sachen deiner Tochter?«

Jamina bekam kein Wort über die Lippen. Sie nickte.

»Die Spurensicherung wird sich den Van vornehmen«, Kalkbrenner bedeutete Oswald, ihm nach draußen zu folgen, »aber wir fahren ebenfalls hin.«

Auch Jamina stemmte sich in die Höhe.

»Und du, Jamina«, sagte Kalkbrenner, »keine Eigenmächtigkeiten mehr.«

Jetzt ballte sie die Fäuste.

»Damit hilfst du niemandem. Benedikt hat recht, allenfalls riskierst du deinen Job.«

»Der ist mir egal«, stieß sie hervor, »meine Tochter ist es nicht!«

»Gottverdammt, Jamina«, schimpfte Oswald.

Für einen Augenblick spürte Jamina die Blicke ihrer vier Kollegen, als würden diese noch auf eine Antwort warten.

Doch sie hüllte sich nur in zorniges Schweigen.

Kalkbrenner grummelte ebenso verstimmt, ehe er mit Oswald das Haus verließ.

Erst als sie sie davonfahren hörte, sank Jamina wieder auf die Couch.

Keine Eigenmächtigkeiten mehr!

Als wüsste er um ihre Gedanken, sagte Berger. »Paul hat recht.«

Kathrin nickte.

Während Jamina weiterhin kein Wort von sich gab.

Für eine Weile saß sie wieder nur so da, während die Stille im Haus zunehmend drückender wurde.

Irgendwann hielt sie es nicht mehr aus und trat hinaus in den Flur.

Du hilfst damit niemandem!

Verdammt, nein, Kalkbrenner hatte Unrecht.

»Ich habe Hunger«, sagte sie. »Was ist mit euch?«

»Äh«, machte Berger, »ja, ich könnte einen Happen vertragen.«

»Ich auch«, meinte Kathrin.

Vor der Garderobe griff Jamina nach ihrer Lederjacke.

»Was hast du vor?«, rief Berger.

»Ich hol' uns Brötchen.«

»Nein, Jamina, also, du solltest —«

»Außerdem brauche ich etwas frische Luft.«

»Jamina!«

Aber da war sie bereits auf dem Weg hinaus zum Passat.

Sie stieg ein, startete den Motor und fuhr los.

SECHSUNDDREIßIG

Sackowitz' Fahrt zurück nach Kreuzberg dauerte gefühlt eine Ewigkeit.

Wie jeden Morgen war der Berufsverkehr ein einziges Chaos.

Wie überall ging es auch am Kottbusser Damm nur schrittweise voran.

Aber das scherte ihn kaum, denn er dachte an Leonies Worte und an seinen Besuch heute Mittag bei ihr im Pferdestall.

Ich mach' das wieder gut.

Es war ihm ernst damit gewesen, als er es ihr versprochen hatte, und er nahm es sich fest vor, zukünftig auch etwas aufmerksamer zu sein.

Du und deine Versprechen!

Er verwarf den Gedanken, als er eine Parklücke fand, zwar mit etwas Abstand zu seinem Ziel, aber das war besser als nichts.

Den restlichen Weg legte er zu Fuß zurück.

Am Hohenstaufenplatz hockten die Junkies zwischen den Büschen. Über ihren Feuerchen hing der Gestank von verbranntem Plastik und Asche.

Vor der Nummer 4 war die Polizeiabsperrung verschwunden.

Nur der Blutfleck am Bordstein war noch zu erkennen, ein dunkler, fast eingetrockneter Fleck, der den Vorfall von gestern Abend erahnen ließ.

Kurz blickte Sackowitz die Straße rauf und runter.

Weit und breit glaubte er weder Polizisten noch Zivilfahnder zu erkennen.

Also klingelte er bei *Buczak*.

Nichts.

Er läutete erneut, diesmal etwas länger.

Wieder keine Reaktion.

Die Haustür ging trotzdem auf, weil ein junger Mann mit einem Labrador zum Bürgersteig heraustrat.

Sackowitz schlüpfte an ihm vorbei ins Treppenhaus.

Auf dem Weg hoch in die zweite Etage rief er sich noch einmal das gestrige Gespräch mit dem älteren Ehepaar in Erinnerung. Viel hatte die Frau ihm nicht über Buczak verraten, aber zumindest eines schien sicher: Er hatte seine Finger im Drogengeschäft.

Vor der Tür zu Buczaks Wohnung blieb Sackowitz stehen.

Zu seiner Überraschung fand er die Tür aufgebrochen vor, der Rahmen war an den Seiten gesplittert.

Sackowitz klopfte gegen die Tür, dann schob er sie auf. »Hallo?«

Niemand, der ihm antwortete.

»Ist da jemand?«

Stille.

Langsam betrat Sackowitz den Flur.

Die Küche war makellos, sauber geputzte Oberflächen, glänzende Edelstahlgeräte – alles wirkte, als hätte es mehr gekostet, als er in einem Monat verdiente.

Ganz offensichtlich liefen Buczaks krumme Geschäfte bestens.

Das Schlafzimmer war ebenso beeindruckend – die Möbel elegant und teuer, die Bettwäsche frisch, keine Spur von Unordnung.

Im Wohnzimmer dagegen sah es anders aus.

Ein Glastisch lag zersplittert auf dem Boden, ein Aschenbecher zerbrochen, Zigarettenstummel und Asche über den Teppich verteilt.

Ein dunkler Fleck neben den Kippen weckte Sackowitz' Aufmerksamkeit.

Er ging in die Hocke und beäugte den Fleck genauer.

Kein Zweifel, es war Blut.

Von Buczak?

Von wem auch immer, offenkundig hatte es hier einen Kampf gegeben.

Nachdenklich sah Sackowitz sich noch einmal in dem Raum um.

Also: Meyer und Kenners waren gestern Abend in das Verschwinden von Eckstein involviert. Meyer kannte außerdem Buczak. Der war etwa zur gleichen Zeit beinahe niedergestochen, mittlerweile nicht nur erneut überfallen worden, sondern womöglich ebenfalls verschwunden.

Blieb nur die Frage: Was hatte der Drogendealer Buczak mit dem Promi-Koch Eckstein zu tun?

Denn dass es auch eine Verbindung zwischen den beiden gab, lag für Sackowitz auf der Hand.

Himmel, aber am Ende würde sein Chef doch noch recht behalten, und dieser Angriff auf Buczak gestern war sehr wohl ein Thema, das die Berliner bewegte.

Sackowitz zog sein Handy aus der Tasche und machte ein paar Fotos vom Wohnzimmer, dem Chaos, dem Blutfleck – alles konnte nützlich sein.

Danach verließ er die Wohnung so unauffällig wie möglich.

SIEBENUNDDREIßG

Liz wusste nicht, wie viel Zeit vergangen war.

Waren es Minuten? Oder Stunden?

Ohne Licht, ohne ein Geräusch fiel ihr jedwede Orientierung schwer.

Die Zeit schien stillzustehen in diesem kalten, finsteren Kellerraum.

Nein, das ist kein Raum! Das ist ein Gefängnis!

Schier endlos schon kauerte sie auf dem harten Steinboden, die Beine angezogen, die Arme um die Knie geschlungen, weil ihr kalt war, und sie wartete, auch wenn sie nicht wirklich wusste, worauf genau.

Sie war sich nicht einmal sicher, ob sie es wissen wollte.

Ihre Kehle war trocken, sie hatte Durst, gleichzeitig breitete sich ein unangenehmer Druck in ihrer Blase aus.

Sie biss die Zähne zusammen, versuchte, ihn zu ignorieren.

»Bald«, murmelte sie, einerseits, um sich selbst Mut zuzusprechen, andererseits, weil sie die Stille kaum ertrug.

»Bald«, wiederholte sie, um ein Geräusch zu hören, und selbst wenn es nur ihre eigene Stimme war.

Aber ihre Stimme klang fremd, wie die einer anderen.

Bald!

An diesen Gedanken wollte sie sich klammern, denn

irgendjemand würde sie schon bald vermissen – Toni, Hannah, ihre Mutter.

Ihre Mutter war Polizistin.

Sie würde nach ihr suchen, ganz sicher, sie würde sie finden und –

Wo soll sie nach dir suchen?

Liz ächzte, als ihr bewusst wurde, dass ihre Mutter rein gar nichts wusste, weil sie ihr alles verheimlicht hatte – das mit Hannah, dem Konzert, das mit Toni, das mit seinem Kumpel, diesem Arschloch mit dem Messer.

Wie war bloß sein Name gewesen?

Meyer?

Ja genau, Meyer!

Und überhaupt, welche Rolle spielte das noch?

Es ist zu spät!

Verdammt, hätte sie doch nur –

Ein Geräusch riss sie aus ihren quälenden Gedanken.

Draußen vor der Tür näherten sich Schritte.

Dumpf, leise, aber zweifellos, ja, es waren Schritte.

Voller Hoffnung sprang sie auf, tastete sich zur Tür und schlug mit der flachen Hand dagegen. *»Hallo! Sie da draußen! Bitte, helfen Sie mir!«*

Die Schritte verstummten.

»Hallo! Hören Sie mich?« Aufgeregt begann sie von Neuem gegen die Tür zu hämmern. *»Hallo, ich bin hier!«*

Niemand antwortete.

»Verdammt, ich bin hier! Hallo! HALLO!«

Keine Reaktion.

Sie presste ihr Ohr an die Tür.

Nichts.

Verzweifelt drückte sie sich noch fester gegen das Holz.

Kurz glaubte sie ein Atmen zu hören, sehr leise, sehr aufgeregt, sehr nahe.

Da stand jemand auf der anderen Seite der Tür.

Was zum Teufel …?!

Mit einem erschrockenen Ruck riss sie ihren Kopf von der Tür weg. Plötzlich war sie sich sicher, dass, wer immer dort stand, er sein Ohr ebenso an die Tür gedrückt hielt und lauschte.

»Verdammt!«, schrie sie und hieb ihre Faust voller Wut gegen das Holz. *»Verdammt, du Arschloch!«*

Inständig hoffte sie, dass ihm ihr plötzlicher Schlag das Trommelfell zerfetzte.

Aber sie vernahm nur ein Lachen.

Verdammt, er lachte, während er sich entfernte.

»Nein!«, stieß Liz hervor, weil die Vorstellung, wieder alleine in der ungewissen Dunkelheit zu hocken, ihr noch unerträglicher war. *»Nein, bitte, es tut mir leid!«* Tränen schossen ihr in die Augen. *»Bitte, gehen Sie nicht weg!«*

Kurz darauf verklang sein Lachen.

Liz war wieder alleine, und mit der Finsternis und der Stille erfasste sie auch eine quälende Gewissheit.

Es ist zu spät!

Sie hatte ihre Mutter belogen, und dies war jetzt die Konsequenz daraus.

Du bist gefangen!

Und niemand, der sie hier finden würde.

Bitterlich begann sie zu heulen.

ACHTUNDDREIßIG

Keine dreißig Sekunden waren vergangen, da klingelte Jaminas Handy.

Es war Kalkbrenner.

Keine Eigenmächtigkeiten mehr!

Sie ließ ihn klingeln, fuhr stattdessen weiter zur B1.

Kaum hatte sie den Berliner Speckgürtel erreicht, begann sich wieder der Verkehr zu stauen.

Ihr Telefon läutete erneut.

Wieder Kalkbrenner.

Du hilfst damit niemandem!

Doch verdammt, er hatte Unrecht mit seinen Worten, denn sie half sehr wohl – nämlich ihrer Tochter.

Am Kottbusser Damm fand sie schließlich einen Parkplatz.

Menschen eilten zwischen Spätis, den Falafel-Buden und den anderen Läden hin und her. Teenager ließen laute Musik aus einem Bluetooth-Lautsprecher plärren.

Jamina zog ihre Jacke enger und eilte zur Lachmannstraße.

Erst als sie den Hohenstaufenplatz passierte, wurden ihre Schritte langsamer.

Trotzdem solltet ihr euch Buczak noch einmal vornehmen.

Noch hatte sie keinen blassen Schimmer, wie sie es

anstellen wollte, denn freiwillig würde dieser Mistkerl ganz sicher nicht mehr mit ihr reden.

Dann mach ihm halt noch mehr Angst!

Die Wahrheit war: Für Liz würde sie, wenn notwendig, sogar Kniescheiben zertrümmern.

Vor der 4 streckte sie die Hand nach der Klingel aus, als abermals ihr Handy klingelte.

Sie blickte aufs Display.

Kalkbrenner.

Zu spät hob sie wieder den Blick, um den Mann zu bemerken, der zur Haustür hinaustrat – und prallte mit ihm zusammen.

Fast entglitt ihr das Telefon. Sie fluchte.

Der Mann murmelte etwas, das wie eine Entschuldigung klang, ehe er an ihr vorbei über den Bürgersteig davon stapfte.

Da erst erkannte Jamina ihn. *»Herr Sackowitz!«*

Verdutzt blieb der Reporter stehen.

»Was machen Sie hier?«

Sackowitz grinste. »Das Gleiche wie Sie, vermute ich.«

Wie von selbst zuckte Jaminas Blick die Fassade hoch zur Wohnung in der ersten Etage. »Waren Sie bei Buczak?«

»Ha«, stieß Sackowitz triumphierend aus, »also stimmt es wirklich!«

»Was?«

Sein Grinsen wurde breiter. »Ach, kommen Sie, ersparen Sie mir Ihr: *Dazu darf ich nichts sagen. Fragen Sie die Presseabteilung.* Es geht um Eckstein und Buczak, basta!«

»Eckstein und Buczak?«, wiederholte Jamina verwundert.

»Na klar doch, die beiden hatten was am Laufen.«

»Wie kommen Sie darauf?«

»Drogengeschäfte, richtig?« Sackowitz lachte. »Und jetzt sind die beiden spurlos verschwunden. Sind mit ihren Geschäften wohl jemanden in die Quere gekommen.«

Konsterniert starrte Jamina ihn an. »Die beiden, Eckstein und Buczak, kannten sich?«

»Himmel, hören Sie doch auf, Sie ermitteln im Fall Eckstein, und jetzt sind Sie hier, bei Buczak!«

Woraufhin sich Jamina in Schweigen hüllte.

Ihre irritierte Miene weckte Sackowitz' Argwohn. »Sie sind nicht *deswegen* hier?«

»*Was* hatten die beiden am Laufen?«, fragte Jamina.

»Sie wissen es wirklich nicht?«

»Jetzt sagen Sie schon!«

»Weswegen sind Sie denn dann hier?«, wunderte sich Sackowitz und sah sich um. »Und wo ist eigentlich Ihr Kollege?«

Mit einem raschen Schritt trat Jamina auf ihn zu. *»Sagen Sie schon!«*

»Hey«, erschrocken stolperte er zurück, »mal langsam!«

»Was ist mit Eckstein und Buczak?«

»Wenn Sie das nicht wissen!«

»Verdammt, was?«

»Ich kann's Ihnen auch nicht sagen.«

Sie packte Sackowitz am Kragen. »Sagen Sie schon!«

»Hören Sie auf!« Er versuchte, sich von ihr loszureißen.

Nur mühsam widerstand Jamina dem Drang, auch ihm auf die Nase zu schlagen.

So funktioniert das nicht!

Trotzdem schüttelte sie ihn durch. *»Los doch!«*

»Sie sollen aufhören!«

»Sagen Sie schon!«

»Hilfe!«, schrie Sackowitz. *»Hilfe!«*

Erst jetzt bemerkte Jamina aus dem Augenwinkel die besorgten Passanten.

Eine Frau zog ihr Kind hastig zur Seite, und ein Mann schien sein Handy zu zücken, vermutlich um den Notruf zu wählen.

Jamina ließ von dem Reporter ab – gerade rechtzeitig.

An der Ecke Kottbusser Damm bog Kalkbrenners Wagen in die Straße.

»Himmel«, verstört rückte Sackowitz sich seinen Kragen zurecht, »was zum Teufel ist los mit Ihnen, Frau Stark?«

Aber da stürmte sie bereits auf und davon.

NEUNUNDDREIßIG

Bestürzt starrte Sackowitz der Kommissarin nach.

In seinen dreißig Jahren als Reporter hatte er schon vieles erlebt – und *überlebt*.

Aber dass er von einem Polizisten derart rüde angegangen worden war, Himmel, daran konnte er sich nicht erinnern.

Noch immer pochte sein Herz, seine Hände zitterten, und die Stelle an seinem Kragen, die Stark gepackt hatte, fühlte sich irgendwie taub an.

Was zum Teufel war bloß in sie gefahren?

Klar, er hatte von ihrem hitzigen Temperament gehört – besonders, wenn es um Fälle ging, in denen Frauen betroffen waren. Und ja, es gab auch das Gerücht, dass sie in ihrem Einsatz deshalb mitunter bis an die Grenzen des Erlaubten ging.

Ihr Ausbruch soeben hatte aber nichts mit ihrem üblichen Engagement zu tun.

Er war unkontrolliert gewesen, regelrecht verzweifelt.

Was ist mit Eckstein und Buczak?

Fast hatte es für Sackowitz den Anschein, als wäre die Antwort auf die Frage für sie auch eine persönliche –

»Herr Sackowitz!« Ein Wagen bremste neben ihm und die Beifahrertür flog auf.

Überrascht drehte er sich um.

Kommissar Kalkbrenner trat auf ihn zu. »Das gerade war Frau Stark, oder?«

Die Frage verwunderte Sackowitz noch mehr. »Also, wenn Sie das nicht wissen ...«

»War sie es oder nicht?«

»Ja, aber —«

»Worüber hat Sie mit Ihnen gesprochen?«, herrschte Kalkbrenner.

Sackowitz musterte ihn. »Sie klingen, als hätten Sie keinen blassen Schimmer, was Ihre Kollegin da treibt.«

Kalkbrenner grummelte. »Was hat Sie gewollt?«

»Sie hätte mich fast verprügelt!«

»Dann haben Sie's wohl verdient.«

»Na besten Dank auch, Herr Kalkbrenner.« Sackowitz schnaubte vergrätzt. »Aber mal ehrlich, was ist mit ihr los?«

»Was soll sein?«

»Mir kam sie so vor, als ...« Sackowitz stockte, weil er sich daran entsann, wie die Kommissarin soeben überstürzt das Weite gesucht hatte. »Kann es sein, dass sie vor *Ihnen* davongerannt ist?«

»Da müssen Sie sich täuschen.«

»Sie *ist* davongerannt!«

Kalkbrenner verzog keine Miene. »Wie gesagt ...«

»Was ist vorgefallen?«

»... sie reimen sich da was zusammen.«

»Ist sie nicht mehr Dienst?«, hakte Sackowitz nach. »Was hat sie mit Eckstein und Buczak zu tun?«

»Wie kommen Sie denn darauf?«

»Frau Stark wollte zu Buczak«, Sackowitz deutete auf die Hausnummer 4, »und der, der hat mit Eckstein zu tun, richtig?«

»Dazu darf ich nichts sagen.«

»Ach, kommen Sie schon, Herr Kalkbrenner.« Sackowitz' Handy begann zu klingeln. Er ignorierte es. »Das liegt doch wohl auf der Hand. Weshalb sonst sind auch Sie jetzt hier und ...«, er warf einen raschen Blick in den Wagen, hinter dessen Steuer Kommissar von Oswald wartete, »und Ihr Kollege da, der seit gestern Abend im Fall Eckstein ermittelt.«

»Fragen Sie die Presseabteilung.«

»Also jetzt wird's wirklich lächerlich«, lachte Sackowitz.

Kalkbrenner dagegen wandte sich ab und eilte zu einem zweiten Zivilfahrzeug, aus dem gerade die Kommissare Berger und Muth stiegen.

Er deutete hoch zu Buczaks Wohnung.

Der ist nicht mehr da, wollte Sackowitz ihnen zurufen, ließ es dann aber bleiben.

Sollten die Kommissare es gefälligst selbst herausfinden.

Außerdem eilte Kalkbrenner bereits zurück zu seinem

Wagen. Dessen Motor heulte auf, als Kommissar von Oswald aufs Gaspedal trat Dann rasten die beiden zum Kottbusser Damm davon.

Sackowitz hat eine ungefähre Ahnung, wohin die beiden fuhren.

Berger und Muth hingegen verschwanden im Haus.

Sackowitz blieb alleine am Bürgersteig zurück.

Sein Telefon verstummte.

Als er es hervorkramte, sah er Karins Namen auf dem Display.

Er verzog das Gesicht.

Was immer sie wollte, er verspürte keine Lust darauf.

Er steckte das Telefon wieder ein und begab sich in Richtung seines Polos.

Keine Minute später, er befand sich bereits auf dem Weg zum Ku'damm, klingelte es erneut.

Wieder Karin.

Wahrscheinlich würde sie nicht eher Ruhe geben, bis sie wieder mit einer ihrer Tiraden über ihn herein-gebrochen war. Mit einem Seufzer aktivierte er die Freisprech-einrichtung. »Was ist, Karin?«

»Verflucht, Hardy!«

»Was habe ich denn jetzt wieder verbrochen?«

»Leonie ist weg!«

VIERZIG

Jaminas Handy klingelte zweimal während ihrer Fahrt quer durch die Stadt.

Beides Mal war es wieder Kalkbrenner.

Jedes Mal ignorierte sie ihn.

Unerbittlich kämpfte sich durch den Berufsverkehr, vorbei an hupenden Autos und genervten Radfahrern.

An jeder Ampel schien die Stadt stillzustehen.

Endlich erreichte sie den Ku'damm, wo sich die teuren Schaufenster in der Morgensonne spiegelten.

Die Nürnberger Straße lag ruhig vom chaotischen Rest.

Vor einem prächtigen Altbau parkte ein Umzugswagen, dessen Ladefläche weit offenstand. Umzugshelfer schleppten schwitzend schwere Kisten hinein.

Ein Mann in Latzhose wischte sich mit einem dreckigen Tuch die Stirn.

Er pfiff ihr hinterher, als sie sich an ihm vorbei ins Treppenhaus zwängte.

Aber auch das kümmerte sie heute nicht.

Hastig erklomm sie die Stufen hoch in die zweite Etage.

Aus der offenen Wohnungstür drang eine vertraute Stimme, die einem der Umzugshelfer weitere Anweisungen zu geben schien.

Sie fand Alberti in der Küche, die Hände in die Hüften

seines karierten Zweireihers gestemmt. »Und dieser Karton«, er deutete auf eine Pappkiste, »der muss auf jeden Fall in die –«

»Herr Alberti«, sagte Jamina.

»Herrje«, er klang gereizt, »ich sagte –« Er brach ab, als er Jamina erkannte. »Ach, Sie sind's.« Verlegen zupfte er an seinem Zweireiher herum. »Einen Moment, bitte.«

Er gab dem Umzugshelfer noch ein paar Anweisungen und wartete, bis dieser mit der Kiste ins Treppenhaus verschwunden war. Dann drehte er sich zu Jamina um. »Haben Sie … haben Sie Bernhard gefunden?«

Jaminas Blick kreiste durch die Küche. Die Umzugskisten stapelten sich in jeder Ecke. »Ziehen Sie aus?«

»Ja«, Alberti nickte, »soweit der Plan.«

»Das geht aber schnell.«

»Der Plan stand schon lange fest.«

»Gestern waren Sie noch der besorgte Freund«

»Meine Güte …«

»Heute ist Ihnen Eckstein schon egal.«

»… nur weil ich mich von ihm trenne, kann ich doch trotzdem in Sorge um ihn sein.« Alberti fuchtelte mit einer Hand, als wolle er Jaminas Zweifel wegwischen. »Das eine hat doch mit dem anderen nichts zu tun.«

»Nicht?«

»Grundgütiger, nein!« Albertis Gesichtsausdruck schien jedoch eine andere Sprache zu sprechen.

Außerdem lag etwas in seiner Miene, das Jamina nicht deuten konnte. Mehr als nur Sorge. Oder Betroffenheit.

Auch Wut?

Ihr Handy meldete sich erneut.

Wieder ließ sie es klingeln.

»Was ist passiert?«, fragte sie stattdessen und trat näher an Alberti heran.

Unwillkürlich wich er vor ihr zurück. »Ihr Telefon läutet.«

»Was ist passiert?«

»Möchten Sie … möchten Sie nicht rangehen?«

Das Klingeln verstummte, Jaminas Stimme dagegen wurde lauter, dringlicher. *»Was – ist – passiert?«*

Alberti hob abwehrend die Hände. »Meine Güte, das … das spielt doch keine Rolle.«

Jamina tat noch einen Schritt näher. »Möglicherweise ist Ihr Freund …«

»Ex-Freund!«

».. in Gefahr.«

»Herrje, ganz sicher nicht, weil ich mich von ihm trenne.«

»Außerdem wurde meine Tochter entführt«, fügte Jamina hinzu.

Ihre Worte verschlugen Alberti für einen Moment die Sprache. »Oh«, presste er schließlich hervor, »das … das tut mir leid zu hören, aber was hat das mit —«

»Sie war mit Toni Buczak zusammen!«

Wieder entstand eine kurze Pause, während der Alberti die Worte zu verarbeiten schien. »Ich verstehe.«

»Dann helfen Sie mir, es ebenso zu verstehen!«

Alberti musterte sie, dann nickte er. »Sie sind nicht dienstlich hier, oder?«

»Wie war das mit – *spielt das eine Rolle?*«

Alberti versuchte sich an einem Lächeln, aber es geriet zu einer gequälten Grimasse. »Hören Sie …«

»Was hatte Eckstein mit Buczak zu tun?«

»… das mit Ihrer Tochter, das tut mir leid, aber …«

»Was haben die beiden angestellt?«

»Ich glaube nicht, dass ich Ihnen helfen kann.«

»Wenn Sie etwas wissen –«

»Das alles«, schnappte Alberti, »ist alleine Bernhards Schuld!« Für ihn schien damit alles gesagt. Er machte eine Bewegung, als wollte er an Jamina vorbei in die Diele.

Sie versperrte ihm den Weg.

»Ich will damit nichts mehr zu tun haben«, fügte er hinzu, »und jetzt lassen Sie mich bitte durch.«

Sie ballte die Fäuste.

Alberti bekam es mit, zuckte zurück, stolperte über seine eigenen Füße und krachte gegen den Kühlschrank.

Sofort stand Jamina wieder vor ihm.

»Wollen … wollen Sie mich schlagen?« Plötzlich zitterte seine Stimme.

Jamina funkelte ihn an.

Verdammt, ja, sie wollte nichts lieber als das – diesem geleckten, verlogenen Mistkerl in seinem karierten Anzug ihre Faust ins Gesicht hämmern.

So funktioniert das nicht!

Ihre Hände bebten, als sie sie öffnete und langsam senkte. Sie fixierte ihn jedoch mit einem unnachgiebigen Blick. »Es wird nicht lange dauern, dann werden meine Kollegen mit Ihnen reden wollen.«

»Ich ... ich weiß nicht worüber.«

»Und meine Kollegen werden Sie nicht so einfach davonkommen lassen.«

»Herrje, ich habe doch nichts verbrochen.«

»Sie hätten uns gestern schon die Wahrheit sagen müssen.«

»Aber da ging es doch nur um –«

»Auf Strafvereitelung stehen bis zu fünf Jahre Haft.«

Alberti ächzte. »Das soll ein Witz sein, oder?«

»Sehe ich aus, als wäre mir nach Lachen zumute?«, zischte Jamina.

Bestürzt starrte Alberti sie an.

Die Schritte eines Umzugshelfers hallten durch die Diele, und ein Kopf erschien im Türrahmen. »Ick bräucht' mal –«

»Später!«, sagte Jamina, ohne Alberti aus den Augen zu lassen.

»Ick muss aba —«

»*Später!*«

Der Umzugshelfer musterte die Szene, bevor er sich grinsend zurückzog.

Jamina dagegen trat zur Küchentür und drückte sie ins Schloss.

Alberti stand da, ein Häufchen Elend in seinem makellosen Anzug, unfähig, ihr in die Augen zu sehen. »Ich …«, seine Stimme war nur ein Flüstern, »ich habe genug von ihm und seinen ständigen Affären.«

»Ich dachte, man müsse ihn nehmen, wie er ist.«

»Ja, aber …«

»Und das alles sei doch kein Weltuntergang.«

»… aber irgendwann ist es das halt doch.« Albertis Stimme klang resigniert, bekümmert, schon fast verzweifelt, während er jetzt endlich zu Jamina aufschaute.

Falls er auf ihr Mitgefühl hoffte, sah er sich enttäuscht.

Ihre Miene blieb hart. »Aber deswegen wurde meine Tochter ganz sicher nicht entführt.«

Zögerlich deutete Alberti ein Kopfnicken an. »Bernhard hatte Probleme. Er brauchte Geld. Sein Restaurant lief nicht mehr gut.«

»Und was hat das mit meiner Tochter zu tun?«

»Das alles war doch nur noch mehr Schein als Sein«, überging Alberti ihre Frage. »Meine Güte, ich habe doch gestern schon gesagt, er wollte immer zu viel, wie immer alles auf einmal. Geld, Spaß, Männer, Drogen. Er kannte keine Grenzen.«

»Wie beim Porsche fahren.«

»Was?«

»Vergessen Sie's«, winkte Jamina ungeduldig ab. Sie hatte keine Zeit für Nebensächlichkeiten. »Sagen Sie mir, warum meine Tochter –«

»Ich habe ihn noch gewarnt«, fiel Alberti ihr ins Wort. »Aber ... aber da war es schon zu spät. Die Schulden waren ihm über den Kopf gewachsen. Und damit auch seine Probleme.«

»Ja, das habe ich verstanden, aber was –«

»Er wollte das Geld von *mir*«, unterbrach Alberti erneut. Seine Stimme wurde lauter. »Herrje, er hat wirklich gedacht, dass ich ihm aus der Patsche helfe. Dabei wollte ich mich längst von ihm trennen.«

»Soweit waren wir schon. Jetzt kommen Sie –«

»Da hat er mich erpresst.« Alberti schluckte schwer, als hätte das Eingeständnis ihm körperlichen Schmerz bereitet. »Er hat mir damit gedroht, meine Karriere zu ruinieren. Verstehen Sie? Ich stand kurz vor der Beförderung, ich sollte Staatssekretär werden. Und dann ... dann hat er all sein Wissen über meinen Chef, Sie wissen schon, Anton Michels ...«

»Ja, verdammt, der Senator der Finanzen. Und?«

»Da hat Bernhard all sein Wissen an die Presse

weitergegeben.« Nervös zupfte Alberti seinen Kragen zurecht. »Er hat alles, was ich ihm einst im Vertrauen erzählt habe, diesem Schmierfink Sackowitz verraten. Grundgütiger, so war er, Bernhard – ein skrupelloses Arschloch! Ja!« Er schlug mit der Faust gegen die Küchenarbeitsplatte, dann sackte seine Stimme wieder ab. »Meinem Chef war klar, dass diese Informationen, dieser VIP-Skandal, nur von mir stammen konnten. Also hat er mir gekündigt. Das war's. Ich bekomme nie wieder einen Fuß in die Tür.«

Ein plötzlicher Gedanke schoss Jamina durch den Kopf. »Haben *Sie* ihm die Finger amputiert?«

»Herrje, nein!«, japste Alberti. *»Nein, er hat sich auf kriminelle Typen eingelassen.«*

»Buczak!«, stieß Jamina hervor, fast schon erleichtert, weil Alberti endlich zur Sache kam.

Er bejahte. »Erst Buczak, dann dieser andere, skrupellose Typ, der ihm –«

Die Küchentür flog auf.

Kalkbrenner stürmte herein. *»Verdammt!«*

»Herrgott, Jamina«, fluchte Oswald, der ihm folgte.

Kalkbrenners wütender Blick flog zwischen Jamina und Alberti hin und her, ehe er ihr bedeutete, ihm ins Treppenhaus zu folgen. *»Komm mit! Sofort!«*

EINUNDVIERZIG

Liz atmete flach, versuchte, nicht mehr zu weinen.

Manchmal meinte sie, ein Geräusch zu vernehmen, ein Rascheln, Schritte, einmal sogar wieder ein Lachen, dumpf, wie aus weiter Entfernung.

Sie fröstelte, während sie ihm lauschte, kämpfte gegen die neuerlichen Tränen, die in ihr aufstiegen.

Du bist gefangen!

Die meiste Zeit aber herrschten nur die Dunkelheit und die Stille, die jede Sekunde wie eine Ewigkeit erscheinen ließen.

Sie spürte, wie die Kälte des Steinbodens durch ihre Kleidung und in ihre Glieder kroch, und plötzlich sehnte sie sich nichts lieber als zurück nach Hause, in ihr Kinderzimmer mit dem Poster an der Wand, das Foto von Alexsandra Ferri, die mit einem verheißungsvollen Lachen auf Liz herabsah, während diese in ihr warmes Bett gekuschelt lag.

Was würde sie bloß dafür geben, dort wieder zu liegen?

Selbst die Fragen ihrer Mutter würde sie ab sofort bereitwillig ertragen.

Was hast du vor? Wo gehst du hin? Mit wem triffst du dich? Warum meldest du dich nicht?

Sie schluckte, fühlte ihre Muskeln steif werden, versuchte

eine Position zu finden, in der sie halbwegs bequem sitzen konnte, aber der harte, kalte Boden machte es unmöglich.

Außerdem nahm der Druck auf ihren Unterleib immer mehr zu.

Sie presste die Beine zusammen, hoffte, dass das Bedürfnis vergehen würde.

Obwohl sie in absoluter Finsternis hockte, schloss sie sogar die Augen und biss die Zähne aufeinander.

Aber nach einer Weile hielt sie den Schmerz nicht mehr aus.

Ich kann das nicht. Nicht hier. Nicht so.

Der Gedanke, sich in ihrem Verlies, in dieser Rabenschwärze zu erleichtern, widerstrebte ihr.

Was willst du tun?

Sie schüttelte den Kopf, schließlich aber blieb ihr keine andere Wahl.

Mit zitternden Händen tastete sie sich über den kalten Boden und suchte die entfernteste Ecke des Raumes.

Jede Bewegung war eine Überwindung.

Mit brennenden Wangen zog sie ihre Hose herunter und hockte sich hin.

Das Plätschern unter ihr auf dem Steinboden schien laut durch den stillen Raum zu hallen.

Der strenge Geruch stieg ihr sofort in die Nase.

Für einen Moment glaubte sie erneut weit entfernt das höhnische Lachen zu hören.

Aber vielleicht bildete sich das auch nur ein.

Sie kämpfte gegen die Tränen, während Ekel und Scham in ihr brannten.

Doch wenigstens war der Schmerz in ihrer Blase weg.

Als sie zurück zu der Holztür kroch, versuchte sie sich die verunreinigte Ecke einzuprägen.

Für später!

Sie lachte auf, und es klang in ihren Ohren wie das Keuchen einer Verrückten.

Für später?

Sie schluchzte, weil ihr klar wurde, dass sie tatsächlich nicht mehr darauf hoffte, dass jemand sie hier finden würde.

Was wird stattdessen passieren?

Sie drückte die Hände gegen ihr Gesicht, versuchte, die Tränen zu stoppen.

Warum bin ich gefangen?

Wieder war sie sich nicht sicher, ob sie die Antwort wissen wollte.

Ein Schluchzen löste sich aus ihrer Kehle, erst leise, dann immer lauter.

Sie brauchte kurz, bis sie begriff, dass nicht sie es war, die schrie.

Draußen brüllte eine Frau.

ZWEIUNDVIERZIG

Jamina blieb stehen, blickte noch einmal zu Alberti.

Dessen Lippen bebten, als wollte er noch etwas sagen, aber es kam kein Ton über seine Lippen.

Erst Buczak, dann dieser andere, skrupellose Typ, der ihm —

»Jamina!«, kam Kalkbrenners wütende Stimme aus dem Treppenhaus, *»das war keine Bitte!«*

Mit einem letzten, vernichtenden Blick auf Alberti wandte sie sich ab und folgte ihrem Kollegen die Stufen hinunter.

Oswald hielt sich dicht hinter ihr. »Gottverdammt, Jamina, was ist bloß los mit dir?«

»Was glaubst du denn?«

»Ich habe dir gesagt, du riskierst deinen Job.«

»Und ich habe gesagt, es ist mir egal.«

Zornig stieß Oswald die Luft aus, doch er schwieg, als sie hinaus auf den Bürgersteig traten.

Am Transporter lehnten die Umzugshelfer, rauchten Zigaretten und warfen neugierige Blicke zu den Polizisten.

Etwas abseits wartete Kalkbrenner. »Jamina«, presste er hervor, aber er klang, als würde er jeden Moment explodieren, »warum bist du nicht ans Telefon gegangen?«

»Ich … ich habe es nicht gehört.«

»Wir haben dich vorhin bei Sackowitz gesehen!«

»Habt ihr mit ihm gesprochen?«

»Verdammt!«, platzte es aus Kalkbrenner heraus. *»Was um alles in der Welt denkst du dir?«*

»Liz wurde entführt.«

»Glaubst du, das weiß ich nicht?«

»Was würdest du tun, wenn es *deine* Tochter wäre?«

Kalkbrenner öffnete den Mund zu einer Antwort, dann schloss er ihn wieder. Plötzlich schien all sein Groll zu verpuffen.

Jamina wusste, warum.

Jeder auf dem Dezernat kannte die Geschichte von seiner Tochter, die vor Jahren von einem durchgeknallten Polizisten verschleppt worden war.

Von seiner Verzweiflung, der er damals eigenmächtige Taten hatte folgen lassen.

Jetzt blieb er stumm.

Oswald, der offensichtlich die Vergangenheit ausgeblendet hatte, hob seine Hände. »Herrgott, Jamina, du machst alles nur schlimmer.«

Sie wirbelte zu ihm herum, »Sagt ausgerechnet der Mann, der –«

»Hört auf«, blaffte Kalkbrenner. *»Sofort!«*

Stille senkte sich über die Straße, das Verkehrsrauschen auf dem Ku'damm kaum hörbar.

Jamina spürte die Blicke der Umzugshelfer.

Kalkbrenner räusperte sich. »Wir haben eine Spur.«

»Hoffentlich nicht wieder so vage wie –«

»Nein, diesmal nicht.«

»Und auch nicht Meyer, der –«

»Nein«, erklärte Oswald. »Meyer wurde soeben in Schulzendorf gefasst, gemeinsam mit Kenners. Beide hatten sich dort in einer alten Fabrikhalle versteckt, die ihnen als Drogendepot diente. Kaum einer wusste davon.«

»Na und? Die beiden haben Liz nicht entführt.«

»Ja«, gab Oswald zu, »aber Meyer hat versucht, Buczak niederzustechen. Es war Rache.«

»Und Kenners?«

»Er ist aus dem *Bernhard's* getürmt, weil er Angst hatte, dass wir ihn für die Sauerei mit den Fingern verantwortlich machen.«

Jamina dachte kurz darüber nach. »Also ist beides tatsächlich nur zufällig zur gleichen Zeit passiert.«

»Ja«, sagte Oswald, »wie ich von Anfang vermutet habe.«

»Schön für dich«, ätzte Jamina, »aber Liz …«

»… war mit Buczak zusammen. Das war ihr Pech.«

Jamina glaubte sich verhört zu haben. *»Pech?«*

»Herrgott, du weißt, wie ich das meine.«

»Nein!«

Oswald brummte. »Buczak hatte sich mit Eckstein eingelassen. Eckstein hatte sich übernommen, er brauchte dringend Geld und hatte in seinem wirren Schädel entschieden, er wolle ins Drogengeschäft einsteigen.«

»Und wie immer wollte er zu viel und alles auf einmal.«

»Was?«, fragte Oswald.

Jamina ging nicht darauf ein. »Mit wem haben die beiden sich eingelassen?«

Kalkbrenner grummelte. »Jamina …«

»Mit wem, verdammt?«

»Dossantos.«

DREIUNDVIERZIG

»Wie?«, fragte Sackowitz, der zum Überholen eines Busses ansetzte. »Was soll das heißen – *Leonie ist weg?*«

»Sie ist verschwunden!«

»Sie ist doch in der Schule.«

»Dort ist sie aber nicht!«

Unwillkürlich trat er die Bremse.

Hinter ihm schlug ein Autofahrer wütend auf seine Hupe ein. Sackowitz ignorierte ihn. »Wie kann sie nicht in der Schule sein?«

»Weil sie dort nicht ist!«

»Ich habe sie vorhin zur Schule gebracht.«

»Hörst du mir nicht zu? Da ist sie nicht!«

»Ich habe sie mit ihrer Freundin ins Gebäude gehen sehen.«

»Verflucht, Hardy!«, fluchte Karin. »Ihre Lehrerin hat mich gerade angerufen. Leonie ist nach der Hofpause nicht mehr zum Unterricht zurückgekehrt.«

»Wieso sollte sie –«

»SIE IST VERSCHWUNDEN!«

»Himmel, Karin«, Sackowitz atmete durch, »mach' dich doch nicht gleich verrückt.«

»ICH SOLL MICH NICHT VERRÜCKT MACHEN?«

Sackowitz setzte den Blinker und bog in die Gneisenaustraße. »Wahrscheinlich ist sie nur wieder bei ihrem Schimmel, diesem Bizzard. Die Koppel befindet sich ja nicht weit von der Schule.«

»Also bitte, Hardy, warum sollte sie —«

»Sie ist gestern Abend doch auch zu den Pferden abgehauen.«

Für einen Moment blieb Karin still.

Sackowitz verfluchte sich.

»Wie? Was? Abgehauen?« Karins Stimme schraubte sich nach oben. *»Wieso ist sie gestern Abend abgehauen?«*

»Wir waren noch eine Weile unterwegs und —«

»Sag bloß, du hast sie mit zur Arbeit genommen?«

»Es war nur kurz.«

»Lang genug, dass sie einfach abhaut!«

»Sie war ja gar nicht abgehauen«, versuchte Sackowitz zu beschwichtigen, während er der Brücke über die S-Bahntrasse an der Yorkstraße folgte.

»Gerade eben hast du gesagt, sie ist abgehauen!«

»Himmel, ja«, er seufzte, »das habe ich auch gedacht. Aber dann war sie einfach bei den Pferden.«

Wieder erstand eine Pause am anderen Ende der Leitung.

Bis Karin aufstöhnte. »Verflucht, Hardy, du bist unmöglich!«

»Es ist doch gar nichts passiert.«

»Und deshalb meinst du, sie ist —«

»Ja, ganz sicher«, ließ er sie nicht ausreden. Er hatte den Ku'damm erreicht. »Bestimmt hat sie nur die Zeit vergessen.«

»So ist sie nicht!«

»Sie hat jetzt ein Pflegepferd.«

»Ja und?«

»Warum weiß ich eigentlich nichts davon?«

Abermals hüllte sich Karin in Schweigen. »Was glaubst du wohl?«, presste sie dann hervor.

Ich mach's wieder gut.

»Mach' dir keine Sorgen«, er setzte den Blinker zur Nürnberger Straße. »Ruf ihre Lehrerin noch einmal an, und du wirst sehen, Leonie ist ganz sicher schon wieder da.«

»Verflucht, Hardy, ich —« Den Rest bekam er nicht mehr mit. Er legte auf.

Ein Stück voraus sah er Kalkbrenner und Stark beisammenstehen.

Beide waren ziemlich aufgewühlt.

VIERUNDVIERZIG

Der Name traf Jamina wie ein Schlag.

Dossantos.

»Gottverdammt«, sagte Oswald, »verstehst du jetzt?«

Sie schluckte, blickte von Oswald zu Kalkbrenner, die beide vor ihr standen, als würden sie den prächtigen Frühlingsmorgen genießen wollen. »Worauf wartet ihr?«

Oswald schüttelte den Kopf. »Mein Gott, wir können nicht einfach … *Jamina, wohin willst du?*«

Mit einem Ruck hatte sie sich umgedreht.

»Du kannst nicht einfach zu Dossantos fahren.«

Entschlossen marschierte sie zum Passat.

»Was soll das bringen?«

Sie entriegelte die Tür, wollte einsteigen.

Doch Kalkbrenner hatte sie eingeholt. »Jamina«, er legte ihr seine Hand auf die Schulter, »warte!«

Sie widerstand dem Impuls, sich von ihm loszureißen.

Kurz starrten sie einander an.

Er nickte. »Egal was wir sagen, du wirst zu Dossantos fahren, oder?«

Trotzig erwiderte sie seinen Blick.

Was würdest du tun, wenn es deine Tochter wäre?

Als wüsste er um ihren Gedanken, zog ein bitteres Lächeln über sein Gesicht.

Dann lief er um ihren Wagen herum zur Beifahrertür.

Irritiert sah sie ihm übers Wagendach nach.

»Ja, was?« Mit einem Grummeln ließ er sich auf den Beifahrersitz fallen. »Soll ich dich etwa alleine zu ihm fahren lassen?«

Sie zögerte.

»Jetzt fahr endlich los«, rief er, »denn *da*«, er deutete die Straße entlang, auf der sich ihnen ein rostiger, roter Polo knatternd näherte, »da kommt schon wieder dieser Sackowitz.«

FÜNFUNDVIERZIG

Liz kauerte starr vor Schreck in ihrem Verlies.

Draußen schrie die Frau aus voller Kehle.

Vor Schmerz? Vor Wut?

Was auch immer sie quälte, ihr Schrei war so schrill, so durchdringend und unmenschlich, dass Liz ihn nicht länger ertrug.

Verzweifelt presste sie sich die Hände auf die Ohren, doch der Schrei bohrte sich unnachgiebig in ihren Schädel.

»Aufhören!«, stieß sie hervor, ohne dass sie das Geschrei zu übertönen vermochte.

Sie sank zu Boden, versuchte sich kleiner zu machen, als könnte sie sich auf diese Weise vor dem infernalischen Gebrüll verstecken.

Vergeblich.

»Hör auf, hör auf!«, rief sie, nicht sicher, ob sie es tatsächlich wieder laut aussprach oder ob die Worte nur in ihrem Kopf widerhallten.

Dann, so plötzlich wie der Schrei begonnen hatte, verstummte er.

Zögernd ließ Liz die Hände von ihren Ohren sinken, darauf gefasst, dass das Geschrei jede Sekunde von vorne begann.

Ihr Atem ging stoßweise, sie zitterte am ganzen Körper.

Das Gebrüll hallte in ihrem Schädel nach.

Was zum Teufel ist das gewesen?

Die Stille, die jetzt allmählich zurückkehrte, war noch bedrückender als zuvor.

Was für eine kranke Scheiße ist das gewesen?

Was hatte man der Frau angetan, dass sie so schrecklich hatte leiden müssen?

Willst du das wirklich wissen?

Nur langsam öffnete Liz die Augen.

Im ersten Moment schien die Dunkelheit um sie herum so undurchdringlich wie die ganze Zeit zuvor.

Dann jedoch wurde ihr klar, dass sich etwas verändert hatte.

Ein schwaches Licht durchbrach die Finsternis, ein schmaler Lichtstrahl, der in ihr Verlies fiel.

Sie blinzelte ungläubig.

Die Tür!

Sie stand einen kleinen Spalt offen.

SECHSUNDVIERZIG

Die Sonne stand hoch am Himmel, doch Jamina fröstelte, während sie den Passat in Richtung Mitte lenkte.

Dossantos.

Auf dem Beifahrersitz neben ihr holte Kalkbrenner sein Handy hervor. »Schau mal«, sagte er, als sie vor einer roten Ampel bremsen musste.

Auf seinem Telefon zeigte er ihr ein Foto.

»Ist er das?«, fragte Jamina.

Kalkbrenner nickte. »Miguel Dossantos.«

Die Aufnahme zeigte einen Mann Anfang fünfzig, in einem für ihn typischen, legeren Outfit – Rollkragen-Pullover, Stoffhose und Slipper, teure Designerware. Er hatte eine schmale Nase, ein fliehendes Kinn und grau meliertes Haar. Das Gesicht besaß eine unnatürliche Glätte; ganz offensichtlich hatte plastische Chirurgie nachgeholfen.

Die Ampel sprang auf Grün. Jamina gab Gas

»Anfang der Fünfziger kam er mit seinen Eltern aus Portugal nach Deutschland, strandete in West-Berlin, wurde ein paarmal mit Zuhälterei, Drogen- und Waffenhandel erwischt, saß einige Zeit in Haft. Danach suchte er sich loyale, ihm treu ergebene Leute. Wer es wagte, gegen ihn auzusagen, hatte Pech – wurde vom Bus überfahren, verschwand auf Nimmerwiedersehen oder litt plötzlich unter Gedächtnisschwund.«

»Das ist mir bekannt«, sagte Jamina.

Kalkbrenner klickte ein zweites Bild an – ein Mann mit Glatze, Sonnenbank-Bräune, Bodybuilder-Figur. »Bruno Posavski, Dossantos' Mann fürs Grobe, bedingungslos loyal.«

»Auch das weiß ich.«

Kalkbrenner brachte eine Aufnahme Bild zum Vorschein, darauf ein kleiner, ebenfalls glatzköpfiger Mann im Nadelstreifenanzug. »Claudio Boccachi, Dossantos' Anwalt, vertraut mit den Tücken und Schlupflöchern des deutschen Rechtssystems. Dank seiner Hilfe ist Dossantos beteiligt an siebzig Prozent der Berliner Clubs, Bars, Bordelle und Porno-Studios, und nichts davon ist illegal.«

»Ja.«

Kalkbrenner packte sein Handy wieder weg. »Dossantos ist Großunternehmer in Sachen Prostitution, macht Millionengeschäfte, hat einen Ruf wie Donnerhall und pflegt dank großzügiger Geld- und Sachgeschenke Kontakte bis in höchste Kreise.«

Schweigend bog Jamina in die Karl-Liebknecht-Straße.

Schräg gegenüber vom Alexanderplatz befand sich das *Café Hermano*.

Jamina hielt mit etwas Abstand.

Während sie dastanden, das Gebäude drüben beobachteten, heizte die Sonne den Wagen auf.

Kalkbrenner ließ sein Fenster ein Stück hinunter. »Schau dir das *Hermano* an«, er deutete hinüber, »diesen High Society-Laden, ein Treffpunkt für Promis, Politiker, Luden und Luxusnutten. Und mittendrin Dossantos.«

»Ich weiß.«

»Natürlich bewegte er sich nach wie vor im Milieu, aber eben nicht auf kriminelle Weise. Seine Geschäfte waren legal.«

»Waren?«

»Bis es vor zwei Jahren seinen Sohn Samuel erwischte. Er wurde erschossen.«

Jamina hatte davon gehört.

Der Mordfall hatte für einige Komplikationen gesorgt, etliche Verwerfungen.

»Samuels Tod war der Wendepunkt«, fuhr Kalkbrenner fort, »sein Tod hat Dossantos zerbrochen.«

»Du meinst . . .«

»Ja, seither ist er wieder im Geschäft, *richtig* im Geschäft, skrupelloser, rücksichtsloser, brutaler denn je, selbst Boccachi scheint nur noch wenig Einfluss auf ihn zu haben. Und seine rechte Hand, Bruno Posavski, hat allerhand Mühe, hinter ihm aufzuräumen.« Kalkbrenner grummelte. »Es ist, als sei ihm jetzt *alles* egal.« Dann zeigte er erneut zum *Hermano*.

Dort traten zwei Männer zur Tür heraus.

Der eine war unverkennbar Posavski, groß, muskulös, mit Glatze.

Der Zweite war Dossantos, doch anders als auf Kalkbrenners Foto war er nachlässiger gekleidet, sichtlich gealtert, das Haar ergraut, fast wirr, die Züge faltig, der Blick verhärmt und voller Wut.

Es ist, als sei ihm jetzt alles egal.

Jaminas Finger hielten das Lenkrad umkrampft, während sie dabei zusah, wie die beiden Männer die Stufen hinunter zur Straße schritten. Dort stiegen sie in einen schwarzen SUV und fuhren davon.

Jamina ließ einen Moment verstreichen, ehe sie dem Wagen über die Karl-Marx-Allee stadtauswärts folgte.

»Warum hast du mir das alles erzählt?«

»Damit du die Dimension verstehst.«

»Ich weiß, wer Dossantos ist.«

»Er hat Eckstein verschwinden lassen, und offenbar hat er inzwischen auch Buczak verschwinden lassen.«

»Auch das weiß ich«, sagte Jamina, während sie durch den Kreisverkehr am Strausberger Platz kurvte.

Wasserfontänen stoben aus dem Springbrunnen in der Mitte.

Der SUV nahm die Ausfahrt zur Frankfurter Allee.

Jamina hielt Abstand, ließ zwei, drei Fahrzeuge zwischen ihnen.

Bis am Frankfurter Tor ein Bus ihnen die Vorfahrt schnitt.

»Verdammt!« Jamina bremste scharf.

Für einen Moment glaubte sie, den SUV verloren zu haben.

Dann tauchte er wieder auf, nur ein Stück voraus.

Konzentriert folgte sie dem Wagen weiter.

»Ich habe dir das erzählt«, nahm Kalkbrenner den Faden wieder auf, »damit du dir keine falschen Hoffnungen machst.«

Vor ihnen bog der SUV nach links in die Möllendorfstraße.

Jamina ließ ihm etwas Vorsprung.

»Dossantos macht, was er will«, fuhr Kalkbrenner fort, »Geldwäsche, Waffenschmuggel, Frauenhandel, Drogenhandel, alles – und nimmt keinerlei Rücksicht mehr.«

»Ich habe verstanden.«

»Wenn er also deine Tochter hat, dann –«

»Es reicht!«, schnappte Jamina und blickte wütend zu Kalkbrenner.

Er deutete ein Kopfnicken an, in dem dennoch alles lag, was er nicht hatte aussprechen dürfen.

Was, wenn wir zu spät sind?

Als Jamina ihren Blick wieder nach vorn richtete, war der SUV verschwunden.

Sie trat die Bremse.

Wütend hupten andere Autofahrer hinter ihnen.

Jamina kümmerte sich nicht darum, ließ ihren Blick die Straße rauf und runter rasen. »Wo ist er hin?«

Kalkbrenner schaute sich ebenfalls um. »Weg.«

»*Verdammt!*«

Für einen Moment standen sie da, während der Verkehr sich hinter ihnen staute.

Immer wieder erscholl zorniges Gehupe.

Kalkbrenner räusperte sich. »Vielleicht solltest du …«

»*Ja doch!*«, fuhr Jamina ihn an und legte den Gang ein.

In dieser Sekunde tauchte eine große, muskulöse Gestalt neben Kalkbrenners Fenster auf.

Schlagartig zog sich alles in Jamina zusammen.

»*Aussteigen!*«, rief Posavski.

Kalkbrenner schüttelte den Kopf. »Wieso?«

Posavski zog seine Jacke zur Seite, sodass sein Waffenholster sichtbar wurde. »*Jetzt!*«

SIEBENUNDVIERZIG

Liz blinzelte mehrmals, als könnte sie nicht glauben, was sie sah. Aber kein Zweifel, die Tür war offen.

Verdammt, wie lange schon? War sie die ganze Zeit geöffnet gewesen?

Liz' Gedanken rasten.

Hatte sie die Tür vorhin richtig untersucht? Sie konnte sich nicht mehr entsinnen, aber – *egal!*

Die Tür war offen, und das war alles, was zählte.

Also wollte sie sich bewegen, wollte aufstehen, zur Tür gehen, doch ihr Körper rührte sich nicht vom Fleck.

Was, wenn draußen jemand wartet? Was, wenn das eine Falle war? Wenn es zu der kranken Scheiße von eben dazugehörte?

Liz lauschte in die Stille. Da waren keine Geräusche, keine Schritte, keine Stimmen.

Worauf wartest du?

Sie atmete durch.

Ihre Hände zitterten, als sie sich auf dem kalten Steinboden abstützte und sich langsam in Richtung Tür schob.

Jeder Zentimeter fühlte sich wie eine Ewigkeit an.

Als sie die Tür erreichte, hielt sie abermals inne, horchte erneut in die Stille.

Nichts.

Mit einem Ruck schob sie die Tür weiter auf und – ein lautes Knarren durchbrach die Stille.

Liz zuckte zusammen, drückte sich gegen die Wand, als könnte sie sich darin verbergen.

Unterdessen wich die Dunkelheit im Raum dem Licht, das von draußen hereinfiel.

Die plötzliche Helligkeit blendete sie.

Sie hob die Hände, um sich zu schützen, und wartete, bis ihre Augen sich langsam daran gewöhnt hatten.

Dann endlich wagte sie einen Blick hinaus, wappnete sich davor, sofort ergriffen und hinausgezerrt zu werden.

Doch nichts geschah.

Da war nur der leere Flur, schmal und lang, die Wände aus Backstein, notdürftig verputzt.

Liz' Kehle schnürte sich zu.

Von der Frau, die so schrecklich geschrien hatte, war nichts zu sehen, dafür aber zwei weitere Holztüren auf der rechten und linken Seite.

Zwei weitere Verliese!

Am Ende des Flurs befand sich eine schwere Eisentür.

Davor stand ein alter Holzstuhl.

Etwas lag darauf.

Ein Handy.

ACHTUNDVIERZIG

Langsam öffnete Jamina die Wagentür. Ihre Finger zitterten.

»Wir sind Polizisten«, sagte Kalkbrenner, der ebenfalls aus dem Wagen stieg.

»Ja«, knurrte Posavski, dessen Hand trotzdem über seiner Waffe schwebte, »ich weiß, wer Sie sind.«

Keine Drohung, aber eine klare Botschaft.

Mit einer knappen Kopfbewegung wies er auf die gläserne Eingangstür eines modernen Neubaus.

Katharinenhaus. Pflegeheim, stand auf dem Schild über der Tür.

»Dort rein«, sagte Posavski.

Jamina setzte sich in Bewegung.

Kalkbrenner dagegen rührte sich nicht vom Fleck.

»Paul«, rief Jamina.

Er zögerte.

»Er mag es nicht, wenn man ihn warten lässt«, meinte Posavski.

»Verdammt, Paul«, zischte Jamina, »*deswegen* sind wir doch hier«

Grummelnd folgte Kalkbrenner ihr in das Pflegeheim.

Das automatische Summen der Eingangstür hallte im Foyer wider.

Zwei alte Menschen saßen dort in Rollstühlen an Tischen, die Hände in den Schoß gelegt, ihre Blicke leer.

Ein leises Radio dudelte im Hintergrund.

Eine junge Pflegerin eilte den Gang entlang, ihr Blick auf ein Klemmbrett geheftet.

»Dort entlang.« Posavski wies in einen Flur.

Der stechende Gestank von Desinfektionsmittel mischte sich mit dem Geruch von Alter, Verfall – *und Tod.*

Jamina schluckte.

Was, wenn wir zu spät sind?

Aus einem Zimmer drangen hemmungslose Schluchzer.

Eine Frau saß auf einem Bett, ihr faltiges Gesicht in den Händen vergraben. Gleich darauf kam wildes Geschrei aus einem anderen Raum.

»Dort!« Posavski deutete auf die letzte Tür am Flurende.

Jamina trat ein.

Auf einem Krankenbett lag eine blasse, dürre Frau, die Augen geschlossen, ihre Haut papierdünn. Mehrere Schläuche und Kabel führten von ihrem Körper zu summenden Maschinen.

Auf dem Stuhl daneben saß Dossantos, in seinem Jogginganzug, das graue Haar struppig – dennoch strahlte er etwas aus.

Jamina konnte nicht einmal sagen, was es war.

Überheblichkeit? Macht?

Hinter ihnen schloss Posavski die Tür mit einem leisen Klicken, dann baute er sich davor auf, eine Wand aus Muskelmasse und Entschlossenheit.

Kalkbrenner musterte die Frau auf dem Bett. »Warum sind wir hier?«

Lächelnd lehnte sich Dossantos vor. »Das frage ich *Sie*.«

»Na, hören Sie mal«, maulte Kalkbrenner, »*Sie* haben uns doch von Ihrem –«

»Schon klar«, fiel Dossantos ihm scharf ins Wort, »aber wenn *Sie* mir das nächste Mal folgen, dann sollten Sie sich geschickter anstellen.« Er lehnte sich auf seinem Stuhl zurück. »Also, *was* wollen Sie?«

»Wo ist Liz?«, fragte Jamina.

Stirnrunzelnd sah Dossantos sie an. »Wer?«

»Meine Tochter!«

»Was habe *ich* mit Ihrer Tochter zu tun?«

»Sie haben sie entführen lassen!«

Dossantos lachte auf. »Gar nichts habe ich.«

»Liz hatte mit den Problemen, die *Sie* mit Eckstein und Buczak haben, doch gar nichts zu tun!«

»Ich weiß nicht, was –«

»Verdammt, sagen Sie schon!«

Dossantos' Lachen wurde noch lauter.

»Was haben Sie mit meiner Tochter gemacht?«

Lachend hielt er sich den Bauch.

»Sie Scheißkerl!«, schrie Jamina und all die aufgestaute Anspannung und Wut der zurückliegenden Stunden entlud sich in einem plötzlichen Sprung auf Dossantos zu.

»Jamina!«, warnte Kalkbrenner sie – doch zu spät.

Noch ehe sie Dossantos überhaupt erreicht hatte, war Posavski bei ihr, ergriff ihre Arme und riss sie brutal nach hinten.

Den Schmerz spürte sie kaum. *»Lassen Sie mich los!«*

Eisern hielt Posavski sie umklammert.

»Verdammt, loslassen!«

Doch Posavski verstärkte nur seinen Druck.

Wild zappelte sie in seinem Griff.

»Hören Sie doch auf!«, brüllte Kalkbrenner und wirbelte zu Dossantos herum. *»Sagen Sie ihm, er soll sie loslassen!«*

Ungerührt saß Dossantos auf seinem Stuhl.

»Verdammt«, fluchte Kalkbrenner, »*Sie* haben doch schon Eckstein …« Weiter kam er nicht.

Wieder lachte Dossantos los. »Ich wünschte, ich hätte.«

»Er hatte Schulden bei Ihnen!«

»Und deshalb soll ich ihm die zwei Finger amputiert und in den Salat gelegt haben? Blödsinn!«

»Stimmt«, höhnte Kalkbrenner, »*Sie* lassen Leute ja lieber gleich verschwinden.«

Dossantos grinste. »Es sei denn, sie verschwinden vorher lieber selbst.«

»Wollen Sie behaupten …«

»Ich behaupte gar nichts!«

»… Eckstein hat das alles nur inszeniert?«

»Ich weiß es!«

»Warum sollte er?«

Dossantos' Grinsen wurde noch breiter. »Vielleicht, weil er sich vor Angst in die Hosen macht?«

»Und Buczak?«, stieß Jamina hervor, die noch immer in der Umklammerung von Posavski hing.

Diesmal hob Dossantos vieldeutig die Schultern.

Voller Verzweiflung stieß Jamina ein Ächzen aus. »Und dabei haben Sie gleich auch meine Tochter verschwinden lassen!«

Dossantos seufzte. »Ich sagte doch, ich kenne Ihre Tochter nicht. Also kann ich sie auch nicht –« Er brach ab.

Die Tür flog auf.

NEUNUNDVIERZIG

Im ersten Moment war sich Liz nicht sicher, ob sie es richtig erkannt hatte.

Ein Handy?

Sie kniff die Augen zusammen.

Warum zum Teufel liegt da ein Telefon?

Langsam, fast lautlos, schob sie sich durch die Tür.

Ihr Herz pochte, und sie hatte das Gefühl, dass jeder Schlag wie ein verräterisches Trommeln durch den Flur hallte.

Was, wenn jemand hier ist? Was, wenn er dich beobachtet?

Trotzdem bewegte sie sich weiter, langsam und auf Zehenspitzen, so leise wie möglich.

Dabei wanderten ihre Augen immer wieder von den beiden Holztüren an den Seiten zu der Eisentür am Flurende.

Vor einem der beiden Verliese blieb sie stehen.

»Hallo?«, wisperte sie.

Niemand, der ihr antwortete.

»Hallo?« Sie klopfte sachte gegen die Tür.

Keiner, der reagierte.

Behutsam griff sie nach der Türklinke, drückte sie hinunter – doch nichts geschah.

Das Schloss war verriegelt.

Ein Schlüssel war nirgendwo zu sehen.

Also lief sie weiter, der Eisentür und dem Stuhl entgegen.

Kein Zweifel, dort lag ein Handy.

Ungläubig starrte Liz es an.

Ihr Blick wanderte zur Eisentür, dann wieder zurück zum Telefon.

Es schien sie ebenfalls anzustarren, eine stille Aufforderung.

Wie von selbst streckten sich ihre Finger danach aus, doch kurz vorher zog sie sie zurück.

Was für eine kranke Scheiße läuft hier?

Sie holte tief Luft, zwang sich, ihre Angst zu überwinden.

Mit zitternden Fingern griff sie nach dem Telefon.

Es fühlte sich kalt und glatt an, fast unwirklich in ihrer Hand.

Sie drehte es um, drückte auf das Display.

Zu ihrer Überraschung leuchtete der Bildschirm auf.

Es wurde kein Passwort verlangt.

Los doch!

Für einen Moment wusste sie nicht, was sie tun sollte. Ihre Finger zitterten so stark, dass sie fast das Handy fallen ließ.

Dann wählte sie die erste Nummer, die ihr in den Sinn kam.

FÜNFZIG

Kalkbrenner unterdrückte einen Fluch, als Sackowitz zur Tür hereinkam.

»Oh«, machte der Reporter, während sein Blick erst Jamina, dann Kalkbrenner und schließlich Dossantos erfasste. Er grinste. »Das ist ja ... *interessant.*«

»Und was zum Geier haben *Sie* hier zu suchen?«, fragte Dossantos.

Sackowitz' Grinsen wurde breiter. »Ich bin Herrn Kalkbrenner und Frau Stark gefolgt.«

Unterdessen spürte Jamina, wie Posavskis Griff etwas nachließ.

Mit einem plötzlichen Ruck riss sie sich von ihm los und sprang auf Dossantos zu. Sie bekam ihn sogar zu fassen. *»Wo ist —«*

Weiter kam sie nicht. Posavski rammte ihr seine Faust in den Magen.

Mit einem erstickten Laut klappte sie zusammen.

Kalkbrenner wollte ihr zu Hilfe eilen.

Doch da hielt Posavski bereits seine Waffe in der Hand, richtete sie auf Kalkbrenner.

Der erstarrte in der Bewegung.

»Himmel!«, japste Sackowitz und wollte sich aus dem Zimmer retten.

Jetzt zeigte Posavskis Waffe auf ihn. *»Hiergeblieben!«*

Sackowitz gefror in der Bewegung.

Keuchend rappelte Jamina sich auf. »Wo …«, würgte sie hervor, »wo ist Liz?«

»Wer ist Liz?«, fragte Sackowitz.

Dossantos ignorierte ihn, blickte stattdessen ernst auf Jamina herab. »Noch einmal: Ich weiß nicht, wo Ihre Tochter ist.«

Tränen trübten Jaminas Blick. *»Haben Sie …«*

»Wirklich«, versicherte Dossantos, »ich habe damit nichts zu tun.«

Alle Wut fiel endgültig von Jamina ab, zurückblieb nur noch die Verzweiflung. Und Trauer.

Sie konnte nichts anders, sie heulte los.

»Wer ist Liz?«, fragte Sackowitz noch einmal.

»Halten Sie den Mund!«, fuhr Kalkbrenner ihn an.

In sein wütendes Blaffen mischte sich nacheinander das Klingeln zweier Handys.

Erst Jaminas Telefon, dann das von Sackowitz.

Keiner von ihnen machte Anstalten, die Anrufe entgegenzunehmen.

Dossantons seufzte. »Vielleicht gehen Sie besser ran.«

Durch ihre Tränen blickte Jamina zu ihm hoch.

Sackowitz kramte bereits sein Handy aus der Jackentasche. Eine unbekannte Nummer. »Wer ist da?«

»Papa!«, tönte es aus dem Hörer.

»Leonie?«

Inzwischen hatte auch Jamina ihr Telefon hervorgezogen. Ebenfalls eine unbekannte Nummer. »Hallo?«

»Mama!«

»Liz?«

»Papa!« Leonie weinte. *»Papa!«*

»Mama!«, schluchzte Liz. *»Hilf mir!«*

Sackowitz' Magen verkrampfte sich. »Leonie, was ist?«

»Liz«, rief Jamina, »wo bist du?«

»Papa«, heulte Leonie, *»hilf mir!«*

»Mama, bitte«, in Liz' Flehen mischte sich eine andere Stimme, *»bitte hilf mir!«*

Sackowitz schnaufte. »Leonie, was …«

»Liz«, stieß Jamina hervor, »hör mir zu …«

»PAPA!«, schrie Leonie, ehe sie verstummte.

»MAMA!«, brüllte Liz, dann war auch sie weg.

Stattdessen hörte Sackowitz eine andere Stimme. »Hardy?«

»Jamina?«, fragte die Stimme.

»Wer ist da?«, wollte Sackowitz wissen.

»Verdammt«, fluchte Jamina, *»wer sind Sie?«*

»Wir spielen ein Spiel«, sagte die Stimme.

Dann war die Leitung tot.

Schon bald geht es weiter …

Erst eins, dann zwei,
dann drei …

Panik in Berlin: Nacheinander verschwinden spurlos mehrere junge Mädchen. Auch die Tochter von Kommissarin Jamina Stark gehört zu den Vermissten.

Dann wird das erste der Mädchen brutal hingerichtet, seine Leiche grausam zur Schau gestellt. Ein silbernes Amulett, das ihr um den Hals hängt, gibt den Ermittlern Rätsel auf. Welches schreckliche Spiel treibt der Mörder?

Ein Albtraum für die Eltern. Und die Zeit drängt …

AB 21. Juli 2025

Eine kleine Lüge. Eine skrupellose Jagd. Ein schrecklicher Tod.

Endlich Urlaub. Kommissar Kalkbrenner besucht seine Tochter Jessy in Paris. Doch dann entgeht er nur knapp einem Bombenanschlag. Während die französischen Behörden von einem willkürlichen Terrorakt ausgehen, verschwindet plötzlich spurlos Jessys Freund. Als Kalkbrenner ins Visier eines brutalen Auftragskillers gerät und schließlich sogar selbst unter Mordverdacht steht, wird die Sache persönlich.

www.Martin-Krist.de